好孩子的哈欠

いいこのあくび

高瀨隼子

涂紋凰－譯

繁體中文版序○

我可不會讓你

我住在東京，這是一個人滿為患的地方。無論是走在路上還是搭電車，我都常常在想，人類的數量應該要減半才對。當我在擠滿人的電車裡縮著肩膀的時候，總是有那種抬頭挺胸撞上來的人。看到前面有人走過來，我會先靠右或靠左讓路，但對方往往是盯著手機連頭都不抬，走在馬路正中間，撞上已經退半步的我的手臂，視線不曾離開手機，甚至也不會道歉、不會回頭，就這樣離開。即使人口眾多，只要大家互相體諒、為別人著想，其實也不會有什麼大問題。不過，我們有時會忘記，別人也和自己一樣，都是擁有獨立人格的人類。

《好孩子的哈欠》就是自這種不滿情緒之中誕生的故事。我曾經被教導，先注意到的人主動禮讓就好，為了讓這個世界更好，就不應該有「都只有我在努力」這種計較得失的想法。對他人行善，最後還是對自己有好處。或許真的是這樣沒錯，但是我又忍不住想，這真的合理嗎？我當然希望成為一個真正的好人，也希望自己保持善良，但是現在的日本、現在的社會，要這樣保持本心生存並不容易。在社群媒體上，每隔一段時間就會熱烈討論刻意衝撞女性的「撞人大叔」。包含我在內的眾多女性，應該都有過這樣的經驗，只是因為身為女性就被看扁，就算撞傷也無所謂。當然，對這種社會現象的憤怒，也是本書的根基。

故事的場景，從主角沒有讓路給一邊滑手機一邊騎腳踏車的國中生，導致雙方擦撞開始。主角下定決心不再讓路給任何人，最後會帶來什麼結果？請各位讀者親自在故事中確認，也請讀完本書的各位，與我分享你們看到的世界。

高瀨隼子

CONTENTS

好孩子的哈欠

我要撞上去。

我先是這麼想，然後身體就熱了起來。下腹有一股灼熱感。手腳充滿力量，眼睛和耳朵變得非常靈敏。我的身體已經決定，一步也不要退讓。

腳踏車搖搖晃晃地靠近。一名看上去像國中生的男孩，手肘搭在車把上，身體向前傾，雙手握著手機，眼睛一直盯著手機看。他的身體像是轉速變慢的陀螺一樣左右搖晃，緩緩地左顛右倒。既然這麼慢，不如乾脆停下來，他卻不偏不倚地一直朝我這裡前進。我迅速地環顧四周確認狀況。這是僅有一個車道的狹窄道路，後面有車子過來，但還有一段距離。路上的行人只有我一個。

還沒發生什麼事，但我覺得一定要寫在記事本裡。用比平時更大的字來書寫。

腳踏車、國中生、邊騎車邊用手機、相撞

我的視線離開逐漸靠近的腳踏車，把頭整個轉向不同的方向。我看到照相館的招牌，對了，我一直想把黃金週和大地一起旅行的照片印出來。我們在牧場體驗了擠牛奶，有一張照片近距離拍到乳牛，近到可以感受到乳牛溼潤的鼻息。我一邊想著牧場真好玩，下次還想再去，然後加快腳步。差不多是不會被發現我刻意這麼做，或者是被發現了也不會受責難的程度。身體微微傾斜，朝右前方走。不是讀秒，而是用公尺數在倒數。五、四、三、二、一。

在我數到一的時候，那個國中生像是嚇到彈起來似的抬頭，並大幅轉動方向盤。腳踏車突然改變方向，前面的銀色車籃從側面擦撞到我的右手臂。不知道什麼東西刺穿了針織衫，我感覺到一陣刺痛，身體有些搖晃。看吧，沒問題的。腳踏車和行人相比，行人絕對比較痛，所以我沒有錯。好痛。越痛，就表示我越正確。

「好痛！」

我發出早就準備好的尖叫聲。尖銳的悲鳴聲中，帶著驚訝、痛苦和責備。

失去平衡的腳踏車倒下，同時發出尖銳的摩擦聲。腦中充斥著強行煞車的聲音，那是從我背後靠近的車輛發出的聲音。汽車最後還是撞上腳踏車了，國中生連人帶車被推倒在地。唰。柏油路與人的擦撞聲，還有腳踏車踏板喀啦喀啦的轉動聲。

啊，糟糕。但是——手臂好痛——所以不是我的錯。原本湧上心頭的焦慮，一瞬間又消失無蹤，我反而覺得太好了。一位看起來年約四十歲的大嬸下車，明明只是下車而已，她卻喘得像是跑過來一樣。她用力從鼻子呼氣。

「不是吧，真的撞到了嗎？」

她指著國中生，卻對著我這樣問，所以我點了點頭。什麼是不是，明明就撞到了，卻佯裝不知，眼睛還睜得那麼大。我在想她應該是故意裝出震驚的樣子，所以我也配合地露出不安又擔心的表情。我眉頭深鎖，感覺額頭上都擠出皺紋了。

「在快停下來的瞬間輕輕碰了一下，但還是稍微撞到了。」

「不會吧。」那位女士反覆這樣說。不會吧，應該是她的口頭禪吧。明明知道是事實，卻本能地說「不會吧」的人，需要周圍的人提醒「是真的」的人。

「好痛。」

國中生用微弱的聲音說。

短袖運動服露出的左手手臂正在流血。在陽光下久違地見到人血，我覺得很新奇。我保持皺緊眉頭的表情，盯著鮮血。眉毛用力皺起的時候，顏色似乎看起來比平時更鮮豔，血色紅到讓人感到刺眼。

「咦——你還好嗎？」

大嬸朝國中生走近幾步。我沒有帶ＯＫ繃耶——她這樣自言自語，彷彿在表示「這種程度的傷口只要貼個ＯＫ繃就好了」。國中生機械性回應說「我沒事」，然後突然想起什麼的樣子大喊了一聲：

「手機。」

國中生的視線落在從自己手中飛出去的智慧型手機上，手機螢幕像蜘蛛網一樣裂開。那個國中生，比起自己手肘的傷勢，更在意破裂的手機螢幕，他看著手機露出快要哭出來的表情。盯著那張臉，我想如果他哭了事情會很麻煩，必須趕快解決才行。

「怎麼辦？要叫警察嗎？」

「警察？這點小事不用叫警察吧。」

大嬸這樣說。她把側邊的頭髮撥到耳後、雙臂交叉，然後單手放在嘴角。

「是他突然衝出來的，所以就算真的撞到，我的車也幾乎是靜止狀態吧？而且我感覺是撞到腳踏車，而不是那孩子。啊，該不會……啊——果然。」

大嬸查看汽車前側，深深地嘆了一口氣。

「刮傷了欸。」

走近車輛後，我也望向大嬸的視線方向。看起來不算是刮傷，大燈旁邊有條看起來像汙漬一樣的痕跡，擦一擦應該就會消失，但確實有痕跡。沒有人問我意見，但我還是點了點頭。哎呀——大嬸又再嘆了口氣。她的說話聲和我的點頭，全都針對那個國中生。

國中生安靜得像止住了呼吸。他可能覺得只要保持沉默就好。因為小時候，如果闖禍的話，大人通常會幫忙。我已經很久沒有這樣近距離盯著國中生看，應該是說這可能是長大成人之後的第一次。他看起來不像小學生，但也不像高中生，身形看起來半大不小。雖然才剛剛進入六月，但臉已經曬黑了。頭髮是黑色的，沒有戴眼鏡，而且一直很安靜。我說你啊，就算沉默我也不會原諒你。

痛死我了，我捲起袖子。這時才發現，已經破皮流血了。和那個國中生的手肘流出來的鮮血，是一樣的顏色。傷口雖然不算很深，但我已經很久沒有受傷到流血的程度，還好針織衫是黑色的。我拿出面紙蓋在傷口上，大嬸睜大眼睛說，妳受傷了嗎？

「是啊，就是這個孩子撞的。」

我一邊說一邊指著國中生。

「他一邊騎腳踏車一邊盯著手機，就撞到我了。」

「你剛才在看手機啊。」

大嬸看著我的臉。腳踏車撞到妳了，對吧？對啊，撞到我了。所以腳踏車才會接著衝出馬路。我的車也因為這樣被刮傷了。我接著說下去，傷口還是有點痛。大嬸再次環抱手臂，原來如此啊。

隨著我們兩人對話，我和大嬸的表情越來越相似。皺眉的動作、眼神的用力方式，還有配合語調而顫動的雙唇，都變得越來越像。

我們一起看著坐在地上的國中生。

「所以呢？要叫警察嗎？」

大嬸這樣問的時候，國中生搖了搖頭，然後站了起來。走了幾步，說沒問題。他撿起螢幕破裂的手機，扶起倒下的腳踏車，吞吞吐吐地說，那、那我就……然後一邊跨上腳踏車，於是我連忙叫他等一下。

「你不道歉嗎？」

我知道站在旁邊的大嬸倒吸了一口氣，盯著我看。我一邊盯著國中生，一邊摸著自己右臂沒有流血的地方。國中生一臉驚訝的樣子，看著我。瞳孔非常黑，那是個孩子的眼睛。我的眼神堅定，連眨都不眨。眼角感覺有空氣滲入。

「對不起……那個，真的很對不起。」

國中生彎腰鞠躬，像要折斷脖子一樣。我對他說：「沒關係。」

我原諒你。做了壞事就應該道歉，但如果別人道歉了，就應該原諒他。如果他能在我講之前自己先道歉更好，但因為他還是國中生，我就放過他吧。我並不是想欺負弱者，但我又立刻自嘲，那我到底想要做什麼呢？我這個人真是麻煩。

「不能再一邊看手機一邊騎腳踏車了喔。你是哪個國中的？」

我一邊問一邊看向他身上運動服大腿處的刺繡，看上去像是學校名稱的羅馬拼音。國中生畏畏縮縮地回答：「丸山國中……」那是我很熟悉的校名，腦海中浮現大地的臉。「叫什麼名字？」我繼續追問，他的臉色變得更僵硬，但還是回答：「我叫吉岡。」

「知道了，那你回去的路上小心點。」

「對啊，要小心喔。」

繼我之後，大嬸也向吉岡同學說了一句，她的語氣突然聽起來很像媽媽。事到如今，打算一個人逃跑嗎？

吉岡同學騎著腳踏車離開了。腳踏車好像沒壞，比起剛才搖搖晃晃靠近的時候穩多了，完全可以筆直前進。我對他說回家路上小心，但現在是星期六的上午，他說不定接下來要去別的地方。

「那妳多保重，我先走了。」

大嬸上了車，砰的一聲關上車門。車子開走，我也邁出步伐。我把表情從臉上剝離，眉毛、眼睛、嘴巴、臉頰都恢復到原來的位置。深吸一口氣。對了，我剛正要去超市。我想在大地回來之前，幫他準備午餐。我邊走邊吐氣，然後再次深吸一口氣，將堵塞在腹部的熱氣吐出來。我把敷在傷口上的面紙拿下來，血已經止住了，用一張面紙就夠了。我把面紙捲起來塞進包裡。

我剛才，是為什麼，會想要撞上去啊？

剛才到底是怎麼想的。既然覺得對方邊看手機邊騎車很危險，想要阻止對方的話，從遠處提醒「沒有看著前面騎車很危險哦！」不就好了。如果是大地的話，應該會這麼做。右手臂的傷口暴露在空氣中格外疼痛。雖然不是第一次被撞，但受傷卻是頭一遭。

我提起自己在車站或街上有時會被人撞到時，大地露出了難以置信的表情，用懷疑的語氣說「我從來沒被人撞過耶」。我當時就在想，這個人在說什麼呢？大地從國中到大學畢業都在打排球，他的身高超過一百八十公分，手臂和腿上的肌肉明顯很結實。沒有人會去撞這樣的人。想到這裡，我突然明白了。事到如今我才意識到，原來我一直被當成隨意推擠也沒關係的人。感覺是我明明知道，卻一直裝作沒發現。因此我也決定不再閃避，不避開那些沒有要讓路的人。

下定決心那天，從大地的公寓回家的路上，我第一次和人相撞。那是發生在車站的事。在東京有一個奇怪的現象，就是越靠近車站，人們對彼此的憎恨就越強，覺得讓對方受傷或不愉快也無所謂，甚至還會主動害對方受傷。即使人潮一樣多，也不同於擁擠的商店或祭典會場。只有在擁擠的車站裡，人們的惡意才會那麼明顯。可能是被逼出來的吧。大家雖然都不想去某處，卻還是被迫前往。

那是星期天的傍晚，人潮比平日通勤時少。我走在電車月臺上，迎面走來一個邊看手機邊走路的男人。他在很遠的地方，抬頭看了一下前面，很快又將視線回到了手邊。在他瞄了一眼的瞬間，應該就已經發現我的存在才對，但在那之後，他仍然筆直朝我走來。我想起了大地說的「我從來沒被人撞過耶」。如果這裡站著的是大地，那個男人應該就會抬頭走路了。如果前面站著宛如一堵牆的高大男人，應該會看著前方直到雙方擦身而過吧。

我要撞上去。

腦海中浮現的詞彙像是牽動我的意識和身體似的，讓我筆直地向前邁進。我決定無視那些邊看手機邊走路的人。我面前空無一人，我用整條路上只有自己時的速度和腳步，筆直向前走。接著就和人相撞了。那個男人好像嚇了一跳，他發出聽起來像是呃或是呿的聲音，但什麼也沒說，就這樣繼續走他的路。即使我停下腳步回頭看他，男人也頭也不回地走了。他沿著樓梯往下，就這樣消失了身影。

撞到時左前臂雖然有點痛，但痛感過五分鐘就消失了，也沒有留下痕跡。留下的只有「啊，原來如此」的領悟。我沒有做錯事，我是對的，這與這個社會無關，我只是為自己做了正確的事。

吉岡同學騎著腳踏車搖搖晃晃地靠近。其實我不用和他相撞，也不需要出聲提醒，只需要靠左右兩旁閃過，或者咳嗽讓對方發現我，然後主動避開就好。但當那輛搖搖晃晃的腳踏車靠近時，我完全沒想到這一點。我是故意撞上去的。但是，就結果來說，被撞的人是我。因為我沒有避開，結果就撞在一起。竟然要由我躲開對方。面對那個沉迷手機到臉都快貼上去的國中生，還要我自己躲開，總覺得哪裡怪怪的，所以我很慶幸自己沒有閃避。即使受傷，我也不需要為那個孩子做什麼。突然，我想起望海。對了，這件事也得告訴望海。

我就這樣邊想邊走，突然發現心底變成一層薄膜，感覺手臂的疼痛減輕了。我想確認這到底是什麼感受，但還是無法掌握。總覺得是自己很熟悉的一種情感。

一到超市，我就先進廁所，在盥洗臺沖洗傷口。位於員工入口旁的廁所，牆上掛著寫有清潔時間和檢查清單的資料夾，但依然髒亂到令人懷疑到底是什麼時候打掃過，地上甚至散落著蔬菜殘渣。垃圾桶裡的垃圾整個滿出來，我把帶血的面紙放在那座小山上。

當我把針織衫的袖子拉到手腕並走出廁所時，包包裡的手機開始震動，我於是停下腳步拿出手機確認。我靠邊看手機畫面，原來是大地發來LINE訊息。

「我應該可以在下午兩點回家！」

我只回了一個OK的貼圖，然後把手機收起來。拿起購物籃，思考要做什麼菜。做咖哩好了。把咖哩煮好放著，就算明天、後天都是咖哩，大地應該也會吃吧。

兩個月前，我們隨口提到結婚的話題。當時在大地家裡，兩人並肩切著鍋物的食材。大地用削皮器削胡蘿蔔皮時說，如果婚姻就是這種日常的延續，那我想和直子妳結婚。我手裡的大白菜突然變得很重，只好輕輕地將它放在砧板上。然後，把大白菜切得細碎。

週六上午有社團指導的工作，大地總是下午才回來。週日會有擔任教練的志工過來，監督社團活動的工作是大家輪流做，所以基本上可以休息。週五晚上我會去大地的公寓住處，週六做午餐等待他回來。我們從以前就經常這樣見面，但自從提起結婚的話題之後，變成幾乎每週都這麼做。

我跟圭小姐提到這件事，她回說「你們乾脆同居算了」，還幫我們搜尋一些適合兩個人住的房子傳給我。自從在和其他公司聯合舉辦的培訓會上被分到同一小組後，我和圭小姐就成了朋友。這是我出社會之後，第一次交到朋友。

這間房子有獨立的洗手臺，而且大地先生一定都很晚回家。這裡的保全系統很完善，直子妳自己一個人也很安全，真的很不錯耶。她像是在找自己的新家那樣，興奮地想像著我和大地的同居生活。我自己無法想像的部分，圭小姐都靠她的想像力填補，她興奮的情緒也影響了我，讓我漸漸覺得自己本來就這麼想。

我和大地都住在東京的外緣。用車站數的話距離三站，大地家其實比較靠近埼玉。一過公寓旁邊的大馬路，就不算是東京了。無論是哪一邊，都不同於我在鄉下時透過電視所看到的大城市形象。有活生生的人在這裡生活。

走過生鮮食品區，一一把咖哩食材放進購物籃。馬鈴薯會讓人發胖，所以不加。改用番茄罐頭、茄子和蘆筍。大地很喜歡我做的清爽咖哩，我也覺得很開心。把兩罐五百毫升的發泡酒、一些堅果和起司放進購物籃後，我向收銀臺走去。在等待店員掃描商品條碼的時候，總覺得有些不對勁，心裡不安地想著，怎麼有種不祥的預感？當店員說：「總共一千七百五十圓。」我這才猛然回神。站在收銀臺前的，是剛才那輛車裡的大嬸。

啊，我不禁喊出聲來。她大概四十多歲吧，將短髮勉強往後綁起來。從車上下來的時候，頭髮是放下來的。現在看起來，比剛才更顯老態。

「總共是一千七百五十圓。」

她一副懷疑我是不是沒聽到的樣子，反覆說著相同的話。我先拿出千圓鈔票，再翻找零錢，最後花了一點時間才遞給她七百五十圓。「收您一千七百五十圓。」錢被吸進了收銀機。

「這是您的收據。謝謝惠顧。」

大嬸把收據塞進我的手心。她的手勁像是在說「趕快走」。看著大嬸圍裙的胸口處，名牌上用明朝體寫著「西方」。我提起裝有商品的購物籃，離開收銀臺。我把購物籃放在桌上，然後拿出手機，寄給自己一封只寫著「西方」的電子郵件。因為我很快就會忘記別人的名字。

當我從購物籃裡拿出商品時，聽到後面有人說：「西方小姐，妳在做什麼？」我一回頭，就看到一名男子正站在收銀臺旁，對大嬸念了幾句。雖然看不見名牌，但聽到他說「下次請注意喔」的語氣，我猜他應該是店長之類的。對著應該比自己小十歲的男人說「是，對不起」，大嬸的聲音帶著濃厚的歉意，不是表面客套而已，這讓我感受到她立場上的弱勢。
　　裝肉類和魚類用的整捲薄塑膠袋旁，有一張明信片大小的紙張寫著「顧客問卷」和一個投遞箱。我拿起一張問卷紙，放進裝滿咖哩食材的袋子裡。
　　我提起超市的塑膠袋。一個價值兩圓的塑膠袋。真的很重。我每次都想帶那個提把加厚的環保袋，但總是忘記。今天可能是為了避免使用受傷的右手，用了非慣用的左手提，才會感覺格外沉重。
　　我沿著來時的同一條路回去。公寓大樓的入口處開滿了繡球花，也經過了剛才擦撞的地方。從超市到大地的公寓步行大約五分鐘，往前再走十分鐘左右，就可以抵達丸山國中。這裡明明是城市的角落，世界卻依然如此狹小。
　　抵達大地的公寓後，我再次用水清洗傷口。打開放置藥物的抽屜，取出消毒液和ＯＫ繃。不知道是因為大地擔任田徑隊的顧問，還是原本的性格使然，身為一個單身生活的人，常備藥相當齊全。既然有大號的ＯＫ繃，那我就拿來用了。用水沖洗過的傷口，可以清楚看到粉紅色的肉。傷口大約小拇指一半的大小，周圍的皮膚比剛才看的時候更紅。貼ＯＫ繃的時候，連周圍紅腫的地方都遮蓋起來。然後放下針織衫的袖子，把受傷的地方遮住。

切好所有食材，全部放進鍋裡。燉煮的時候，我猶豫要不要打開LINE聯絡望海，但最終還是作罷。上次見面是三個星期前，而且是我邀他一起去喝酒的。之前都大概是隔三個星期或一個月才聯絡，我不想弄錯頻率。用手指滑動畫面，回顧和望海過去的對話。望海是我的大學同學，我跟她在LINE上面不會有太長的對話。通常都是見面喝酒的時候聊。我和圭小姐用LINE聯絡的時候對話就很長，我害怕擅自結束對話，圭小姐又每次都會很客氣地回應，所以我總是不知道該怎麼結尾。

咖哩做好的時候，大地就回來了。我們一邊隨意看著電視，一邊吃咖哩。「下個月又有比賽了。」看著正在談論田徑隊的大地，我在想吉岡同學參加什麼社團啊？大地聊天的話題，通常都是學校的事，譬如今天社團活動學生做了什麼，或者昨天課堂上學生做了什麼。我也總是聊工作上的事情，原本以為對方要簽約了，結果隔天又說要重新考慮，或者是雖然現在這個時代聚餐也是工作之一，但這種習慣還是根深柢固，真是讓人受不了之類的。

我會抱怨，但會小心不說壞話。坐在我隔壁的桐谷先生，口臭真的很嚴重。尤其是在午餐後，味道真的太重，有時候會忍不住戴上口罩，結果他還問我，佐元小姐是不是感冒了？保重身體喔。導致我還不得不跟他道謝，這真的很令人火大。這種事情，我只會跟望海說，對大地說不出口。倒也不是我本來就決定不要跟他說這些，而是和大地聊天的時候，自然會避開這些話題，但是和望海聊天的時候反而會提起。

大地總是積極地回應著我枯燥無味的瑣事，

「直子妳說的這些，對我真的很有幫助。有些學生因為各種原因，國中畢業後就必須去工作，我又只知道學校的事，能聽到像直子妳這樣在一般企業奮鬥的人現身說法，對我來說幫助很大呢。」

他會非常專心地聽。這讓我覺得，啊，原來自己正在被消耗。原本屬於我的壓力、辛苦和不滿，都變成了教育的養分。大地越是認真聽我說話，我就越希望他能像一直開著的電視，靜靜聽著就好。過了一段時間後，我轉念覺得對大地有幫助也很好。我很高興自己能對他有一點貢獻。

晚餐吃了和中午一樣的咖哩之後，大地說想吃冰淇淋，所以我們離開公寓準備前往便利商店，結果發現前面的電線杆旁邊被丟了垃圾。明天是收垃圾的日子嗎？我一邊思考，一邊把目光轉向半透明的袋子，發現裡面有個大小差不多可以環抱的魚缸。玻璃內側布滿綠色藻類的魚缸，底部鋪滿了砂礫，白黑相間的砂礫上有一條死魚。

魚很大隻，應該是龍魚吧。雖然我不是很熟悉魚種，但不知道為什麼就想到龍魚。外觀看起來就像觀賞用的熱帶魚，這應該是高級的觀賞魚，曾經被養在某個地方吧。但是，魚就是魚。我想起昨天在我家附近的定食店吃到的鯍魚套餐，那條鯍魚大到幾乎超出盤子。

「啊。」

大地這麼說。比起說，更像是喃喃自語，像是聽到「幫我拿一下醬油」或「要睡覺的時候關一下燈」這種話時的回應。啊，哦，好喔。

大地蹲了下來，開始解開垃圾袋綁著的袋口。

「我去找個地方把它埋起來。」

在那條魚的屍體映入眼簾時，我就已經預料到會這樣，所以並不驚訝。不過，這附近有可以挖洞的地方嗎？這樣可能會被當作是非法丟棄吧。這裡和鄉下不同，附近連一張榻榻米大小，可以隨意使用的空地都沒有。公園的地面鋪滿了孩子跌倒也不會痛的木屑，因此沒辦法挖洞。

除了沙坑以外。對啊，埋在沙坑裡怎麼樣？明天，如果孩子們挖開沙坑，看到魚一定會非常驚訝。雖然魚已經死了。我還真是無聊耶，竟然在心裡想這種事情打發時間。因為那個垃圾袋口被死死地綁住，遲遲打不開啊。

大約花了三到四分鐘，大地才打開垃圾袋。腥味馬上就飄到我的鼻腔，但大地卻一副沒事的樣子，抓起魚的屍體說，那我去處理一下，然後就這樣走了。大地手上那條大魚，光滑的紅紫色鱗片在街燈下閃閃發亮。希望他不要用手碰那條魚。我並沒有提醒他這樣是非法丟棄。

「你小心點喔。」

雖然不知道他要小心什麼，但還是說了。從旁人的角度來看，手裡拿著一條死魚在夜路徘徊的大地，看起來就是個可疑人士。

因為大地把魚帶走了，我只能一個人去便利商店買冰淇淋。我買了PINO和明治的超級杯香草口味冰淇淋。

打開一樓的自動門鎖進入公寓大樓。大地家在六樓。搭電梯上樓，經過幾道有其他居民氣息的門，進入玄關闔上門後，我才終於鬆了一口氣，凝視腳下排成一排的大地的鞋子。

他是不是希望我說我跟你一起去吧，我想，即使我這麼說，大地也一定會回答：「謝謝，但我一個人沒問題的，我很快就回來。」反正結果都一樣，早知道剛才就說要一起去了。大地應該比較喜歡那樣的女生吧。平常的話我會這麼做，但今天可能是鬆懈了吧。該不會是因為之前提到結婚的事情？想到這裡，馬上又覺得這是什麼跟什麼啊，好蠢。就當作是我蠢好了。

在我念完高中之前，一直住在鄉下，在那裡動物的屍體可以說是稀鬆平常。小學六年的期間，我至少見過十隻被車輾死的貓，而且都出現在早上，大家結伴去上學的路上。

「啊——貓死掉了。」

路隊的隊長是一個男生，他大聲喊叫，用掛著黃色旗子的隊長指揮棒指向前方的道路。他是大我兩個年級的男生。同年級的男生都很蠢，可是路隊隊長是不會亂打人或亂丟蟲子的好人，所以我很喜歡他。發現貓的屍體時也是，他說：

「不想看的人就轉向右邊吧。」

他還提醒了跟在後面的學弟妹。貓通常會死在狹窄的道路上，有時甚至會死在斑馬線的正中央。因為當時我們都是小學生，所以沒有辦法繞過斑馬線，只能一邊說「噁，好臭啊」一邊快步經過貓的屍體。貓才剛死不久，所以還沒有腐爛，那是血和飛濺的腦漿的味道。放學回家時，貓的屍體已經不見了。「是保健所的人清走了。」大家都這麼說。我也認為應該是這樣，不過也可能是被大地那樣的人處理掉的。與東京不同，鄉下有足夠的土地可以埋下一隻貓。水田、旱田和空地，還有很多幾年來一直插著「出售」招牌、雜草叢生的地方，隨便哪裡都能埋吧。我小時候常常去玩的公園，應該也埋了好幾隻。

除了貓之外，還有很多其他動物的屍體。公園的樹下，有麻雀和鴿子的屍體；去山上或河邊玩耍的時候，也曾經看到狗、老鼠和魚的屍體。屍體越大越臭。死在路邊的死貓屍體，半天就會被清走，但是死在山中或河邊的屍體總是就地放置，任由它逐漸腐爛。我不曾在市區見過動物的屍體。街上常看到流浪貓，所以應該還是會有貓被車撞死才對。在鄉下需要半天時間回收的屍體，在東京可能只需要五或十分鐘。在沒有空地和山丘的東京，屍體究竟要藏在哪裡呢？

大約一小時後，大地回來了。我問他後來怎麼處理。

「在公園的灌木叢挖了個洞，把魚埋在裡面。」

他一臉疲憊地這樣說，然後在洗手臺洗了手又洗了臉。雖然有聞到香皂的味道，但一想到那是剛抓過魚的手，我就不想馬上接觸。今天可能不洗澡就直接睡覺，這樣的話應該也不會做愛。我決定明天早上再沖澡就好，就這樣立刻安排好今天晚上的行程。

「你要喝茶吧？」

「嗯，有冰的嗎？」

「有瓶裝的。」

我從冰箱拿出爽健美茶，倒入杯中，遞給大地，他說聲謝謝後接過杯子。喝著茶的大地，劉海溼溼的。

男友撿起被當作垃圾丟掉的死魚，還幫它挖了墳墓。這個話題應該跟望海還是圭小姐說呢？望海應該會說：「不是吧，太誇張了。」圭小姐可能會說：「真是好人，不愧是學校的老師耶。」我是不是在跟一位超級厲害又不可思議的學校老師交往呢？「竟然和那麼溫柔的人交往，妳真敢耶。」這是誰的聲音？「妳根本不能理解吧？不能理解他為什麼要做那種事。」

魚已經死了。即使被當作垃圾回收，魚也不會知道。大地應該是覺得「很可憐」，所以才把它埋起來。即使我不在身邊，沒有人在看，大地一定還是會這麼做。大地那些我不知道的溫柔行為，無論是學校的工作或其他方面，應該還有很多吧。

明明無法理解他為何要這麼做，就這樣跟他結婚真的好嗎？我永遠忘不了母親被祖母打得紅腫的手臂。同時，我認為在這裡應該想起的並不是祖母的暴力相向，而是面對揮起手臂的祖母時，無動於衷的父親。因此，在我想起母親的手臂之後，父親才勉強在記憶的角落登場。勉強回想起的父親，樣子是模糊不清的。雖然大地說他想結婚，但其實我並不明白他的意思。我冷漠地想著，你竟然打算和我結婚，膽子還真大耶。

和大地在一起時，我有時會覺得斤斤計較的自己很卑劣；但另一方面，我也會覺得這個人怎麼能一直付出那麼多都不會乾涸，自己富足也樂於接受幫助，這讓我有一種掃興的感覺。就像沒有錢就無法生活一樣，想要對別人好，自己如果沒有足夠的能量也辦不到。如果擁有這麼多的善意，那分給我一點也沒關係吧。若說人生在世都有自己的難關，既然我受了苦，那大地溫柔對待我，就算扯平了。要想達到平衡，這是唯一的方法。

大地拿著已經空了的杯子在看電視。電視正在播放天氣預報，明天會是晴天。當我說差不多快要到梅雨季了耶，大地便皺著眉回應，下雨就不能使用田徑場了，真是討厭。我告訴他還有冰淇淋的時候，大地馬上舒展皺著的眉頭，笑著站起來走向冰箱，我也跟著走在後面。

用吹風機和電捲棒將及肩的頭髮向內捲。在拔掉插頭收拾電線時，指尖碰到了電捲棒很燙的部分。我趕快去沖冷水，幸好沒有燙傷，稍微安心了一點。照了照鏡子，表情完全沒有變化。即使覺得燙、很痛或者放心，一個人的時候就不需要動用臉部肌肉。我試著揚起嘴角笑一下，眼角也溫和地笑著。即便都是一個人獨處，在公司的鏡子裡看到的表情卻是這樣的。

坐在客廳的沙發上化妝。看了眼時鐘，再過十五分鐘就得出門。剛才頭髮怎麼弄都不順，所以耗了太多時間。我決定放棄早餐，只喝蔬果汁。一邊像在梳理眉毛似的填滿有缺漏的地方，心裡對於重視眉毛形狀勝於早餐的自己感到不滿，但臉上依然毫無表情。到底有誰會體諒我說，眉毛怎樣都無所謂，還不如吃早餐吧。在臉頰上抹腮紅，眼皮塗上眼影，使用睫毛夾把睫毛夾翹，然後塗上睫毛膏。睫毛膏快用完了，所以不是很好用。回家路上得順道去一趟藥妝店了。小小一管的黑色顏料，竟然要價兩千圓。

在玄關穿上平底鞋，又改變主意脫下來，換上高跟鞋。今天要拜訪的其中一家客戶，有一位穿著細高跟鞋、走路會發出清脆聲響的女部長，每次見面時，她的目光總是迅速地掃過我的腳下。她沒有特別說什麼，只是我都擅自想像，她應該會在心裡埋怨，我多年來在以男性為主的職場工作，依然努力維持打扮，最近的年輕人可真好，可以穿著舒適的鞋子。這位看上去五十多歲的女部長，無論是髮型還是妝容都十分精緻，工作指示也非常精準。我希望給她留下好印象。

不習慣穿高跟鞋，只走了十公尺，腳底就痛了起來。雖然痛，但還能走路，這種痛我可以忍受。如果能因為這雙鞋獲得好評價，這點犧牲不算什麼。我腦海浮現部長的臉，接著想像高額的合約金、簽下合約後在公司內部的評價、上司和後輩們會說「佐元小姐又談成一份好合約耶」，然後我謙遜地微笑著接受這些讚美。

我排在隊伍的最後一個，同時電車疾馳而來。上臺階的腳步聲突然變得急促，我數了數排在前面的人數，想著恐怕搭不上這班車，結果不出所料電車已經滿了。隊伍前面的幾個人勉強擠了進去，「請用力將身體往裡面縮！」廣播懇切地這樣要求乘客，快被擠出車門口的人們拚命往內縮，儘管如此，門還是無法關上，導致重新關了兩次。噗咻——噗咻——每當車門開關的時候，人團就會縮小或膨脹。經過反覆嘗試後，終於能目送電車從月臺離開。進入月臺的列車車廂毫無縫隙地擠滿人類，讓我想起了學生時期看過的一部恐怖漫畫。漫畫裡，擁擠的人類四肢纏繞在一起無法分開，皮膚緊密相貼到融化的地步，最後變成一大塊長滿無數頭顱的肉塊。學生時期覺得可怕又有趣的內容，如今活生生地出現在眼前。下一班電車要來了。我戴上拋棄式口罩，像之前上車的人一樣，硬把身體擠進去。

不這樣搭電車就無法到公司，真的是很荒唐。雖然我覺得這根本不划算，但因為沒有其他方法，就只能這樣做。其實，這也不全然是真的。找個離公司近一點，不搭電車也能抵達的地方住，或者提早一小時起床用走的去上班，都是一種選項。但是公司位於市中心，附近的房租太貴，而且我也沒有每天提前一個小時起床步行的體力。當我在心裡找藉口的時候，又告訴自己這並不是藉口，而是存在於現實的問題。

我用力踩穩腳步，以免被電車晃倒。最後，雙腿的力量只傳遞到兩根細細的鞋跟上，我想著至少先穿平底鞋，到公司再換上高跟鞋就好，可是一想到包包已經在我和別人的身體之間被擠壓變形，實在不想多放一雙鞋在包裡增加體積。我之前在家裡附近的麵包店買了些麵包，打算帶到公司當午餐，結果在電車裡被壓扁了。我的臉旁邊就緊挨著別人的頭，還可以聽到他耳機裡播放的音樂旋律。那絕對不是什麼極端的音量，但因為頭靠得太近，我的耳朵幾乎貼在別人的耳機上，才會聽到音樂。我在口罩裡呼吸自己吐出的氣息。我真不敢相信，有人會在如此靠近他人的空間裡不戴口罩。

在擠滿人的電車上，每個人都在彼此之間的空隙伸出手來操作手機。在黃金週之前，還有很多人穿著薄外套，但現在大家的衣物越來越輕薄，皮膚和皮膚之間的屏障越來越少，這讓我感到不舒服。今天還好，因為左右兩邊都是女性。我的肩膀、手臂和身邊的女人完全貼合。我可以感覺到她的手指動作帶動了手臂的肌肉，我的肌肉收縮，也一樣傳達過去了吧。右手臂的傷口被針織衫壓著，我忽然想起了吉岡同學。我用右手握著手機，只用大拇指操作。光是做了這個動作，就感覺周圍的人比靜止不動時更討厭我。

我在Twitter的關鍵字搜尋中試著輸入「吉岡　丸山中　丸中」，就找到「吉岡遲到！」鈴木@丸中排球社的發文。發文時間是我和吉岡同學相撞的前天中午。

查看鈴木@丸中排球社的粉絲後，我發現了一個名為「吉岡的體重」的帳號。個人檔案照片中有個穿著校服的男孩，但是因為臉用蔥的貼圖遮住，所以無法確定是不是本人。如果要遮住臉，乾脆不要放照片不就好了。吉岡的體重這個帳號完全公開，內容大多是給朋友看的，譬如「社團活動好累」或「鈴木傳來的影片真是太誇張了」，那則推文有朋友回覆。「大樹，你也發太多了吧（笑）」，大樹，發音和體重一樣。「吉岡的體重」，就是指吉岡大樹。這種根本不算匿名的帳號名稱，感覺很有風險。

Twitter 應該可以設定成只有追蹤者才能看到發文才對。如果不這樣設定，說什麼都會被全世界看到。電車哐噹一聲，晃了一下，遠處有人發出咂嘴聲。我上國中的時候，智慧型手機剛剛開始出現，當時還沒有LINE和 Twitter。如果那個時候有的話，我會像他這樣使用嗎？吉岡同學的推文總是有人回覆。看起來應該有八、九個人在互動。其中有人在個人資料上寫著：「丸山國中二年二班，座號十七號！棒球社左外野手。喜歡漫畫。請多多指教——」如果想調查的話，很快就能找出是誰。這就是現在流行的東西嗎？真恐怖——我忍不住在口罩裡嘆了口氣，然後按下白色按鈕追蹤吉岡的體重這個帳號。

我的帳號名稱是「佐由美」。佐由美是國小四年級時，和我同班的轉學生。大概半年之後，她就又轉學了，從那以後就再也沒有見過她，也不知道聯絡方式。我特別喜歡和自己一點關係也沒有的這個名字，所以在網上填資料大多都用「佐由美」。個人簡介的頭像是乳酸菌糖果的盒子，是我在創帳號那天，拍下剛好手邊有的東西。

追蹤吉岡的體重五分鐘後，他也追蹤了我。即使對頭像是乳酸菌糖果盒子的佐由美沒有印象，看到「喜歡看動物圖片」這種無害的個人簡介，哦——地沒有多想就追蹤對方，這件事讓我對吉岡同學又多了解一點。在可愛動物的圖片、新聞和獲得一萬個愛心的藝人推文之間，夾雜著「吉岡的體重」的碎碎念。請多多指教，吉岡同學。我在心裡喃喃自語。

不知道什麼東西碰到我的肩膀，然後就這樣停留在肩上。我只用眼角往回看，站在身後的年輕男子，把手機就這樣卡在我的肩膀上。我晃了一下肩膀，手機瞬間離開，但他接著又把手機放回我肩上。我假裝咳嗽也沒用。我說你啊，手機真的這麼重嗎？

電車到站停車。在門打開前一秒，背後就有人在猛推。門都還沒開，到底想推去哪裡？腹部上方開始感到灼熱。車廂內擁擠不堪，就算被擠成這樣，身體也動彈不得。車門準備開啟的同時，推擠的力量變得更強勁。我就說了，現在擠也沒辦法前進啊。好想咂嘴。但是，我不能。這是離公司最近的車站，不知道會被誰看見，而且對方可能突然發怒導致自己被纏上。要是被這種人糾纏，說不定還會被打。就算不是被打，也可能會被罵。被罵的時候，有可能會因為對方太激動而被飛濺的口水噴到。在車門完全打開前，不到一秒的時間內，我就想了這麼多事情。車門完全打開的同時，我幾乎是像被彈飛一樣，被電車吐了出來。

從剪票口出來，沿著大馬路上的人行道走。前面有兩個人朝我的方向走過來，兩個人都在看手機。整個頭低垂著，緊盯著手機螢幕看。螢幕上的雙手手指忙碌地上下滑動。兩個人都是男性，一個是高中生，一個是穿西裝的上班族。上班族走在前面，相隔約三步左右的斜後方則是高中生。因為是離公司最近的車站，我告訴自己要先避開上班族，然後再避開高中生。我必須左躲右閃。上班族和高中生都沒有抬頭看一眼，便匆匆走過我身邊。

人與人擦肩而過時，如果都面朝前方行走，雙方會稍微向左右退讓。讓自己和對方的空間保持平等。不僅在車站，路上也有很多人邊走邊看手機。大家都認為別人會禮讓自己，所以不用擔心。我想著剛才避開的那兩個男人，發現自己其實平時也禮讓了不少人，而且是不會再見面的人。那些人應該要禮讓的部分，都由我承擔了。這可不能忘記，不能忘記啊。我嘴裡喃喃自語。我本來想拿出手帳，不過還是等到了公司再說吧。覺得呼吸越來越困難，我便摘下了口罩。

走在前面的女人在抽菸，味道很難聞，我屏住呼吸快速超越她。風明明是從前往後吹，但還是感覺有點臭。我盡可能大聲嘆氣讓她聽到，不過在超越那位女性時，我看見她戴著耳機，所以我嘆氣的聲音她當然不會聽到。

身後傳來有人說「早安」的聲音，是桐谷先生。在轉身的瞬間，我用迅雷不及掩耳的速度擠出表情回應：「早安。」我對自己過度開朗的語調感到厭煩，卻還是和他並肩行走。最近天氣變暖了呢。正當我們閒聊一些無謂的話題時，他突然問我：「下次可以陪我去參加聚會嗎？我們部門都沒有女生呢。」

剛好大我一輪的桐谷先生，自我畢業入職以來，時不時會稱我為「大小姐」。譬如說在搬運重物的時候，他不會叫我「佐元小姐」，而是用開玩笑的口吻說「大小姐，這種事就交給大叔來做吧」。這些東西都是透過人力搬送到各部門的，因此即便是女性，擁有正常臂力的我也不至於拿不動。剛進公司的時候，我總是拒絕幫忙，然後說「我自己來就行了」，但每一次他都會說「不不不不」連續四次否定，硬是搶過去說「我來搬」。現在，我會馬上放棄，只對他說「不好意思，每次都麻煩您了」。如此一來，桐谷先生就會很高興。

面對迎面走來的人，朝桐谷先生相反的方向避開，有一些人則是從我和桐谷先生之間穿過。柏油路上有某人的唾液，泛著白色泡沫。我怕踩到，所以很小心地避開。

桐谷先生提到的那間公司不在他負責的地區，也不是他負責的公司。「聽說對方不只部長會出席，連理事都會來。對佐元小姐來說一定很有幫助。」他這樣強調，但我只是說了聲「謝謝」，我們就抵達公司了。

自動門旁邊身穿紫色清潔制服的男人正在收集垃圾桶裡的垃圾。早安，我打了聲招呼後通過。一如往常，穿著紫色清潔制服的人仍然沒有回應我的問候。只是靜靜地繼續換垃圾袋。佐元小姐真了不起耶，連清潔工都會打招呼，桐谷先生一副很敬佩的樣子。我心想，如果有空開口說這些話，不如也打個招呼吧，桐谷先生。你難道不怕在公司範圍內，不小心沒和某個人打招呼嗎？只要向每個擦肩而過的人打招呼，就能避免被說成「那個女生連招呼都不打」；只要會打招呼，就會被認為是個好孩子。

在打開電源等待電腦開機畫面的同時，我打開手帳，在空白處寫下筆記。

桐谷、聚餐、要求同行、今年第四次

我在上面貼上便利貼來遮住文字，便利貼上寫著「下午三點電話聯絡末永鋼琴」。末永鋼琴不是我們公司的客戶，只是個鄉下的鋼琴教室。我國小的時候在那裡學過琴，老師很嚴格，我非常討厭他。

我用的是單行本大小的手帳，每天用一頁。攤開的話就有兩天份的跨頁。今天用的是右邊的頁面，所以這張便利貼明天就會撕下來丟掉。我把手帳當成工作日誌，逐條列出當天要做的事，連私人的計畫也會寫在一起，所以不會拿給別人看。與他人協作的工作會登記在公司內部系統的行程管理表，自己能完成的工作我會手寫記錄。因為這樣我會比較有正在處理一件事的感覺，也能感覺到工作逐漸結束。

空白的地方我會記錄晚上有聚餐、午餐吃什麼、下雪了、今天是節分等瑣事。不會每天寫，想到的時候才寫。我隨手翻閱，重新查看過去的紀錄。車站、上班族、盯著看、手機、桐谷、真羨慕妳在鄉下長大、香菸的煙、口臭。僅憑單字就能回想起那一天的事情，仔細閱讀之後，怒火就會越來越旺。

早上在車站，被邊走路邊滑手機的人撞到

在公寓前抽菸時，有人從陽臺潑水

桐谷老是說「妳以後一定要嫁給有錢人喔」，蠢貨

部長在接完客訴電話後說「有病啊」

我想我永遠都不會忘記，我絕對不會忘記。發生那些事還有當時的憤怒和不快，就算時間過去，我也不會原諒。我用手指撫摸著那張「下午三點聯絡末永鋼琴」的便利貼。

「是誰幫忙買了訪客用的茶啊？」

桐谷先生環顧辦公室後這樣問。我一邊心想糟了，一邊微微地舉起手。桐谷先生看著我的眼睛露出微笑。

「果然是佐元小姐啊，謝謝妳。」

說完之後，伸手拿自己的馬克杯。表面上說是訪客用，綠茶、咖啡

和焙茶都像這樣被員工自己喝掉了。桐谷先生常喝的即溶咖啡在幾天前就喝完了，所以我補了一些。行政部門剛來的兩位新員工慌張地站了起來，不停地道歉說「對不起」。

「沒事啦，因為剛好要採購其他東西，所以順便下訂。抱歉，我擅自買回來了。」

我對不需要道歉的事情道歉。因為除了道歉外，我別無選擇。我擠出飽含歉意的眼神和眉毛，只有嘴角露出一點微笑，無意義地點了幾秒鐘的頭，然後藉著這上下點頭的動作，順勢將視線重新移回電腦螢幕。那兩個人的目光似乎仍然停留在我身上，但我假裝專心工作。明明是沒發現咖啡用完的你們不對。如果要用責備的眼神看著我又道歉，那就應該先注意到啊。

左邊傳來咖啡的香味。味道只有剛開始的時候很香，桐谷先生一喝下去後，咖啡的味道裡就好像參雜了桐谷先生唾液蒸發的成分，讓人覺得噁心。

雖然我不喝咖啡，但很喜歡咖啡的香味，不知道是不是因為之前說過這樣的話，桐谷先生才把馬克杯放在我辦公桌的右邊。是想要跟我分享咖啡香嗎？如果咖啡能像黑漆漆的外觀一樣有毒就好了。我偷瞄桐谷先生時，看到他電腦的桌布，那是他四歲的女兒正在盪鞦韆的照片。我與桐谷先生四目相對，他像在問：「佐元小姐也要喝嗎？」的樣子，做出拿起杯子的手勢，我笑著搖了搖頭。我覺得好有趣。我對自己說，妳真像對方手上有人質一樣，聽話的好孩子。而且還用自己的家鄉話吐槽自己，沒辦法啊，事情就變成這樣了咩。那是我為自己找藉口的聲音。我像呼吸一樣自然地祈禱桐谷先生遭遇不幸，祈禱的時候會用公司通用的東京標準語。我常常祈禱。

我從小就是一個比旁人更早發現細節的孩子。譬如說值日生忘記擦黑板，或者沒有人幫校長澆花之類的事情。其實發現之後我也可以像其他小孩一樣，只要嚷嚷，欸——那件事都沒人做耶——不太好吧？這樣表示就好了。雖然不太好，但也無所謂吧，這樣。

注意到我去擦黑板或澆花的孩子們會說，欸——這是直子做的嗎？這明明就不是妳的工作吧？他們會大聲地對朋友這樣說。直子真的是個好孩子耶——他們會對我說這種話。他們的聲音裡隱隱約約流露出自己也還無法完全理解的「怒氣」，於是我學會應該在沒有人的地方澆花的智慧。只要是個四平八穩的好孩子，就會被誇獎，關鍵時刻也會有像老師這樣的大人保護自己。

好想見圭小姐。雖然有點猶豫，不過我還是發了LINE，問她「這幾天要不要一起吃個飯？」，圭小姐大多都會在午休的時候回覆訊息。她是絕對不會在工作時看手機的人。因為知道這一點，即使她遲遲沒有回覆，我也不會覺得難受。如果是望海，那就不一樣了。望海總是馬上就會回覆訊息，一旦她一、兩個小時沒有回覆，我就會反覆回想之前見面的情景，擔心自己是否做了什麼讓她不愉快的事情，這會讓我感到非常不安。明明有很多原因無法回覆訊息，譬如說正在開會、看電影或洗澡，但我就像個剛得到手機的國中生一樣，會因為訊息回覆的快慢而糾結。和大地相處沒問題，可是一跟朋友交流就會變成這樣。

訪客用的茶葉，是佐元小姐自己要買的吧？我很怕聽到這種話。我一方面覺得你們自己應該要先發現才對，同時心裡又冒出一個聲音說，妳就算發現也可以不要管啊。那是小孩子的聲音，應該是兒時朋友的聲音。我辦不到啊。我不是故意這麼做的啊，我只是會忍不住去幫忙嘛，只是會忍不住面露微笑嘛。不知不覺間，我用孩子的語氣在辯解。果不其然，腦海裡的小孩就像用鞋子踢我鼻尖似的反駁：「那這不就是直子妳的錯嗎？」

我打開手帳，試圖蓋過那些聲音。

訂購訪客用的茶葉、那兩個新人太晚察覺了

我這樣寫，看起來就像是出社會一段時間，但思慮仍然淺薄的年輕人會發的牢騷，這更讓我感到煩躁。

我站在洗手間裡，在隔間內捲起了針織衫的袖子，查看被吉岡同學擦撞的地方。表皮已經結痂，根部深入皮膚之下。我一邊用食指撫摸傷口一邊想著，如果硬剝開的話肯定會流很多血。傷口雖然不痛，但周圍有瘀青，按壓時會痛。與碰撞時的衝擊程度相比，傷口看起來更加顯眼。撞到腳踏車的時候雖然很痛，但沒覺得會留下這麼醒目的傷痕。把針織衫拉回手腕處，坐在馬桶上小便時，我從裙子的口袋裡拿出手機。打開 Twitter。當我用手指在時間軸上滑動時，看到了吉岡同學的新推文。兩小時前，早上八點的推文。

「今天打掃泳池真是地獄。這絕對會痛死吧」

「怎麼了？你受傷了？」，在推文之後，他的朋友馬上留言，吉岡同學也立即回覆「前天騎腳踏車跌倒了。其實，是我被車撞了（笑）」。

被車撞啊。我在心裡苦笑了一下，然後關閉畫面。那位大嬸今天也在超市櫃檯嗎？我不禁想像，那個人要是看到這則推文會怎麼想。她會怎麼想，會怎麼做呢？她會回一句神經病，然後無視這條推文嗎？還是會去找警察報案呢？她可能會說，雖然我沒有錯，但考慮到未來，覺得這樣做比較好之類的。想了這些莫名其妙的事情之後，我沖了水，離開廁所隔間。

回到座位後打開電腦上的行程表。下午再外出就可以了，如果能在上午完成堆積的行政事務，就可以直接從客戶那裡回家了。我們公司販售的商品是預約管理系統的軟體套件。許多學習鋼琴或瑜伽的人，會使用手機或電腦來預約下一堂課，也有大公司會用來管理與員工的面談時間。由於價格較低廉，加上用戶介面的多樣性，客戶都說我們公司的產品很好用。在我們公司的幾個套件系統中，這算是代表商品之一。隨著時代變遷，很多企業和商家都在考慮系統化。這種時候「透過系統安排下一個預約」或許會是個很好的開端。

我的業務範圍是從埼玉到東京，沿著埼玉高速鐵道和地下鐵南北線區域內，各種大大小小的公司。今天有三個預約。其中第一家是新客戶，一間英語會話教室，希望能談到簽約那一步。重新看過一遍資料之後，匆匆吃完午餐便離開座位。走的時候看到桐谷先生在旁邊的座位上打哈欠。

搭乘地鐵移動的途中，我收到圭小姐的回覆。「好啊！走吧！平日的晚上我通常都有空喔——」，然後附上兔子很開心的貼圖。看著貼圖兔子在微笑，覺得雖然有點蠢，但讓我感到安心。經過幾次訊息往返，我們約定後天晚上見面。我把手機設成靜音模式。

結束最後一家業務拜訪已經超過晚上七點了。走進附近的羅多倫咖啡，打開平板電腦，並進入公司系統，回覆桐谷先生的訊息和幾封電子郵件。我打電話回公司，告知會直接回家，然後把手機拿遠，像是要剝離桐谷先生說「辛苦了」的聲音似的掛斷通話。

正準備將放在桌上的手帳和筆收起來時，我突然想起那件事，於是把夾在手帳中間那張超市的「顧客問卷」拿出來。我在意見．感想欄寫下：「一名叫西方的女性工作人員開車撞到國中生後逃逸。」我的字寫得比平常整齊，尤其是「逃」這個字的辵部部首的平衡感很好。我心情變得很好，重新將「顧客問卷」夾回手帳中。

回家的電車不如早上擁擠，但還是很多人。雖然人與人沒有緊密接觸，但還是會站在能觸碰到公事包或髮尾的距離。每當電車搖晃時，總會有些緊張。所有人的心情都不愉快，總是會有某個人因為某事感到煩躁而咂嘴，然後引起咂嘴的連鎖反應。整個車廂裡沒有一個溫柔的人，溫柔的人是沒辦法在東京搭電車的。我穿著高跟鞋走了很久，現在腳痛得不得了。

打開Twitter，查看吉岡同學的推文。早上看到的「前天騎腳踏車跌倒了。其實，是我被車撞了（笑）」在傍晚放學以後，不斷出現回覆。「要報警啦！」、「還是我幫你報警（笑）」、「在哪裡被撞？因為這樣社團活動才遲到嗎？」、「那不就是車禍嗎」，這些留言看起來應該都是丸山國中的學生。吉岡同學一一回覆「在去社團活動的途中」、「被一個大嬸撞到」、「連人帶車一起撞倒」、「不過啊——我寬宏大量沒有報警——（快點稱讚我）」。大家都覺得太誇張，回應很熱烈。

電車搖晃著停了下來。即使不看站名的指示牌，不聽廣播通知，我也能從體感時間和列車的搖晃程度，知道這裡是我要下車的站。我把手機收進提包裡，隨著人潮走下電車。

回家的路上，有一位老爺爺坐在從車站出來的第一條小巷裡，就在燈光熄滅的不動產門市前。我假裝經過，伺機觀察後，再一次掉頭查看情況。他穿著像睡衣一樣的衣服，看起來不像是外出服，但又不像是流浪漢。雖然低著頭看不到臉，但從裸露的手臂和頭髮，可以看出他年事已高，應該八十或九十歲左右。

那個，您還好嗎？我站在老爺爺面前這樣說，老爺爺抬起了頭。啊——我沒事。用微弱聲音回答的老爺爺眼神有些恍惚，不知道是因為喝醉酒還是身體不適引起的。您看起來狀況不太好，要不要我幫您叫人過來？我繼續追問，但老爺爺緩慢地左右搖了搖頭說：「不用，我沒事。」然後又垂下頭，彷彿要沒入膝蓋之間。

我站了一會兒之後，看老爺爺還是不抬頭，便走開了。我回頭看了好幾次，但老爺爺始終保持著頭埋在膝蓋之間的姿勢。路人瞥了一眼那個老爺爺，但沒有人上前搭話。這個季節既不熱不冷，也沒有下雨，所以應該不至於死掉，但若病情惡化導致死亡，還是令人擔心。這條路我明天早上也會經過，到那時候，如果他還在的話怎麼辦？

我走進便利商店。其實並沒有特別想買什麼東西，但就是不想回家，所以不由自主地走了進去。在冰箱前猶豫了一會兒後，買了一瓶瓶裝水。我拿著水回到剛才的地方，蹲下呼喚他：「老爺爺。」

「您應該身體不舒服吧？如果不介意的話，這裡有水，您喝吧。」

老爺爺抬起頭，驚訝地看著我的眼睛。我遞出寶特瓶時，他伸手接過，說了一聲謝謝。

「您家在哪裡？有辦法回家嗎？」

我這樣一問，老爺爺指了指後面的不動產門市。

「我就住在樓上。」

「那您應該回家裡休息才對啊。」

「一個人的話，回家反而比較危險。」

老爺爺淡淡地笑了。

「要是真的有什麼困難，也可以跟車站的工作人員說一下，請他們幫忙。」

說到這裡，我終於覺得卸下肩上的重擔，點了點頭然後站起來。那我先走了，說完這句話便離開。我再也沒有回頭看。

這樣剛剛好。之後那位老先生會怎樣，就不關我的事了。我是路人甲，已經做了所有我認為應該做的事。

一回到家，我就獨自一人思考著今天做的事，或許可以稱得上是「善行」，而且只有我自己知道，同時放滿熱水泡澡，一邊喝罐裝啤酒。心情真好。沒有人知道這一點最好，感覺很真實。

我一邊拿起第二瓶啤酒，一邊打開Twitter。吉岡同學的時間軸仍然在熱烈討論肇事逃逸的話題，終於，有第三者留言。我不禁把啤酒放在桌上，重新用雙手拿起手機。

「我是路過的成年網友，但說真的，交通意外無論受害規模的大小都有義務通知警方，所以你現在最好還是跟警察聯絡比較好喔。」

帳戶的大頭貼是一個穿著西裝的男人。名字是鹽野，個人簡介只寫著「自營業者」。回顧他的推文，發現他在Twitter上到處對惹眼的內容留下評論。他引用吉岡同學的「前天騎腳踏車跌倒了。其實，是我被車撞了（笑）」的推文回覆，使得鹽野先生的追蹤者們紛紛跟著回應，眾多不相關的人也陸續對吉岡同學的推文發言。看到這種情景，鈴木@丸中排球社發文「身邊的人發生了大事件！不得了！」，吉岡同學也簡短地回了一句「嗯」，但似乎沒有直接回應鹽野的留言。

沒想到這件事突然被熱烈討論，讓我覺得心裡很慌張。伸手拿啤酒，在Google上搜尋「肇事逃逸　沒報警」。「不行」，第一條就出現這個簡單的回答。說得也是啊，我自己點了點頭。必須報警才行。

我在想，是否不只是汽車擦撞行人或腳踏車，腳踏車撞上行人也一樣要報警，因此我搜尋了一下。搜尋結果的第一頁出現了「如果駕駛人是十四歲以下的未成年人，便無法追究刑事責任」，這和我想查的事情不同，可能是因為十四歲以下未成年人的肇事逃逸案件很多吧。我試著搜尋「刻意去撞腳踏車」，但是找到的都是腳踏車撞行人，或是汽車撞到腳踏車的情況。

我將搜尋框中「刻意去撞腳踏車」裡面的「刻意」一詞刪除。我又不是刻意的。雖然不知道是對著誰，但我還是這麼想。右手握著的啤酒罐漸漸失去冰涼感，我一邊盯著手機螢幕一邊喝。我覺得酒精一點作用都沒有。

在瀏覽吉岡其他同學的推文時，看見有人寫「出現了，大地粉～笑」。大頭貼是穿著制服的女孩。照片裡有兩個人，所以無法分辨是哪一個，但兩人的眼睛都被修得很大，看上去長得一模一樣。推文繼續寫道「我真的很喜歡他耶」。「可是他好像有女朋友吧」、「不是好像，他確實有女朋友，老師自己說過」、「特別說自己有女友是什麼意思？

先設好防線嗎？」、「是吧？（笑）」、「太正經了吧！啊——但我就是喜歡他這種地方！」、「妳真是矛盾又徒勞」、「這是純愛」。

心臟表面浮現疙瘩，我不禁開始思考這是什麼感覺，儘管刻意告誡自己不要再想，但還是忍不住陷入思考。我剛剛差點有了優越感。我對這種優越感心生厭惡，馬上又覺得對國中生產生優越感的自己很蠢，甚至感到丟臉。既然如此，坦率承認自己的優越感就好了，但是我又覺得不管對方是不是國中生，對和大地交往這件事有優越感本身就很奇怪。

我又想，我們會不會結婚呢？在思考這個問題的同時，又知道結婚這件事早就決定了。當大地說想跟我結婚的時候，我在心裡尋找快樂的心情，檢視自己的內心，避開那些不對勁的感覺和詞彙。然後，才終於說出「我很高興」。嘴上這樣說，腦海中卻浮現出了另一個念頭。你身為老師，眼光還真差之類的話。然後馬上用別的話來反駁。真卑鄙，明明自己一直都想著要結婚的。

我再次瀏覽女學生們的推文。其中發現「我見過她喔」的留言。「我看到他們兩個人一起從新宿的電影院出來。女友很漂亮，頭髮長長的，長得像女主播」。

咚，我用力用指腹點了手機螢幕，把她們的推文關掉。回到吉岡同學的帳號，瀏覽出現的回應。吉岡同學本人依舊保持沉默。我才剛覺得保持沉默不好，鹽野先生就終於採取了行動。

「我已經報警了。你是埼玉縣丸山國中的學生吧？這裡就不寫了，但我大概知道你的名字，所以也打電話給學校了。」、「事出突然，我想孩子可能無法應對，那些指責孩子為何不報警的人，請自重。畢竟這件事本來就是肇事逃逸的女性百分之百有錯在先。」、「我認為不應在網路上大肆討論，接下來應該由周圍的大人負責處理。我先告退了。」。

「所以呢？」

在啤酒杯乾杯的聲響還沒完全消散之際，望海這樣說。「今天要不要一起喝一杯？」，接到聯絡已經是晚上七點多。望海像平常那樣突然邀約，比起欣喜，我第一個反應是安心。「好啊好啊」，回覆訊息之後，我心想還好還留在公司，然後一邊迅速完成手上的工作。

「最近怎麼樣啊？」

從瞳孔黑白交界處能感受到她的期待。

「最近也沒發生什麼特別的事。」

我用這個開頭鋪陳。望海一副「然後呢、然後呢」的樣了，顯得很期待。

「下班回家的路上，在車站高架下一個很擁擠的地方，有個盯著手機一直往前走的女生，我沒閃開，所以撞上了。而且她還不道歉，打算就這麼走掉，所以我就跟上去說請她道歉。」

「她大概幾歲？」

「應該跟我差不多吧，大約二十五歲左右，看起來像是下班要回家，穿著套裝而且長得很漂亮。現在回想起來，明明已經下班了，她的妝髮都還很整齊呢——」

「應該是男友在家裡等著吧。然後呢？」

望海伸手去拿毛豆。她用恰到好處的力道從豆莢中擠出毛豆，然後放入口中。

「我在她身後，跟她說她撞到我，要她道歉，結果她根本沒有回頭，繼續看著手機走路，離車站越來越遠。她跟我回家的方向相反，我不想讓她越走越遠嘛，就繞到她前面請她道歉。結果，她跟我說她要報警。」

「啊？為什麼？」

「我不知道。所以我說『隨便妳啊』，她就真的報警了。」

「笑死，太好笑了吧！」

望海放下手中的毛豆和啤酒杯，興奮地往前探出頭。她用手摀住嘴巴，眼睛閃閃發亮。

「有三名警察過來，應該是從站前的派出所騎腳踏車過來的。警察問我發生了什麼事，我說在車站前被撞到，要求對方道歉，但對方沒有理我，所以我才跟上來。警察又問我有沒有受傷，我才想起來還真有點痛耶，所以轉過身，拉起衣服檢查了一下。大概就是這裡。」

說完，我指著肚臍右邊。

「時間過了這麼久還是紅紅的，我跟警察說現在被撞的地方仍然紅腫而且會痛，警察就問我要不要叫救護車？我就說怎麼可能這樣就叫救護車！」

望海拍著手大笑。

「如果這樣就要叫救護車的話，急救人員會生氣吧。警察應該也會覺得這種小事就報警很煩吧。不過，那個報警的女人後來怎麼樣？」

「我和那個女人在不同位置各自和不同警察交談，所以不知道她說了什麼。她一直指著我這裡，好像在控訴什麼，感覺應該是在說我無理取鬧，被一個瘋女人纏上了之類的。」

「瘋女人！」

望海再次大笑。看望海的喉嚨反覆收縮，我確定她不是在演戲，而是發自內心想笑，讓我覺得很安心。

「警察問我，呃——那對方為什麼報警？我回答不知道……又不是我報的警。我歪著頭表示困惑，結果那個女人跟另外一位警察一起過來向我道歉。她說，對不起，撞到您了，您沒受傷吧？雖然感覺她是被逼的，但畢竟她有道歉，所以我就想算了。我說，沒事，我原諒妳，就回家了。」

「我原諒妳！太酷了，根本就是名言。」

望海那天反覆地說了好幾次「我原諒你」。店員忘記我們叫的薯條，她就說「我原諒你」。續杯的啤酒遲遲不來，她也說「我原諒你」。在那種嬉鬧和愉快的氛圍中，我感到安心，終於能吃出毛豆和烤雞肉串的美味。

在那之後，我們又聊了一些上司讓人火大或者肩膀痠痛之類跟誰都會聊的話題，但我每件事都描述得很粗暴，譬如「真希望那個上司趕快去死一死，具體來說最好是受盡折磨，像是被車撞然後沒人發現，就這樣淋著冷冷的雨死去」或者「肩膀痠痛到受不了，真想把頭摘下讓肩膀放鬆一下」。和望海聊天的時候總是這樣。我大學時和望海都是志工社團的成員，畢業後有時還是會一起去喝酒。望海總是希望我從神智清醒的第一家店開始，就像已經續攤第三家店那樣爛醉到什麼話都敢講。

望海參加志工社團時就坦言「因為求職能派上用場才加入社團的」，雖然理由很隨便，但後來的確利用社團活動當作自己的賣點成功進入大銀行工作。同樣對志工活動沒有興趣，但因為沒有特別的嗜好而決定加入的我，和望海成了好朋友。話雖如此，我們也沒有經常玩在一起，只是在社團聚會時自然而然就會坐在旁邊，保持這樣的距離感。喜歡讀書的人會加入文藝社團，喜歡音樂的人會加入樂團，沒有特別興趣的人，就加入散步社或捉迷藏社。我會參加志工社團是覺得社員應該都很和睦、沒有令人不快的人，但即使加入社團，真正親近的還是像望海這樣的人。我終究無法逃離自己。

「如果上司因為車禍去世，我肯定會忍不住偷笑，因為真的太高興，可能會藏不住。」

我一邊說一邊回想，剛開始的時候不是這樣的。剛和望海變親近的時候，我並沒有這麼刻意暴露缺點。

「直子什麼都會跟我說，所以我才喜歡妳。大家都太虛偽，淨說一些謊話，無聊死了。」

我一邊脫口說出壞話和髒話一邊觀察望海的反應，在摸索這樣說比較好還是那樣說比較好的過程中，表達方式變得越來越過火。聊到剛才被報警的女人撞到的事情時也是，我跟在她身後走的時候，就已經思考好多次該怎麼跟望海說這件事。看著那個女人真的撥打一一〇，然後把手機貼在耳邊通話，確實感到事情變得很麻煩，但另一方面是想到有更多事情可以和望海聊，反而覺得很興奮。

望海對我說，直子明明外表看起來很乖啊，我就開始想像望海眼中的自己。我黑髮齊肩，平凡的五官，從正面來看，可以說是一張能夠輕易透過化妝變化的臉。望海則是大眼大嘴，長得很有南國風情。我很羨慕那種濃密到不需要睫毛膏的睫毛，每次和望海見面的時候，我總是會不自覺地畫上比平時更濃的眼線。

「果然，還是直子最棒了。下次再一起喝吧——！」

在車站與望海道別後回家。閃避迎面走來，低頭玩手機的男人。那是無意識的動作，只是因為快要撞上才躲開。不過，在避開對方的瞬間，我仍然覺得自己很假。我沒辦法總是做出同樣的行為。我希望成為一個總是以同樣的規則、同樣的尺度面對這個世界的人，但我做不到。腦海裡浮現明天的行程，明天我和圭小姐有約見面。我絕對不會跟圭小姐提起撞到人或者叫警察之類的話題，畢竟我們是在研習會上認識的，當時的我戴著公司用的面具，所以我在圭小姐面前是個特別乖巧的女生。

我想起望海反覆叨念的那句話：「我原諒你。」同時也想起大地的臉。我原諒你，我在心裡默默這麼想。

「直子，妳該不會是要結婚了？」

圭小姐喜歡聊結婚的話題。我們在有樂町一間可以吃到蛋糕的葡萄酒吧裡，蛋糕和酒都還沒上桌，她就天真地開口問了。她輕輕放在桌上的左手，戴著婚戒和訂婚戒指。

「不，還沒，完全沒有喔。」

我自己這樣說的時候，又覺得聲音怎麼可以聽起來這麼遺憾。既悲傷又寂寞的聲音。

「不過，妳不是下次要跟大地先生的家人一起吃飯嗎？還是說已經吃過了？」

「預計是下個月。為了慶祝他媽媽的生日，我們會一起出去吃飯。雖然只是吃個午餐。」

「你們完全是一家人耶，這幾乎就像已經結婚了一樣啊。」

店員送來有草莓的舒芙蕾蛋糕和白葡萄酒。圭小姐小聲地說：

「謝謝。」我伸手拿了葡萄酒，而圭小姐拿起了叉子。圭小姐將叉子插入蛋糕，保持海綿蛋糕漂亮的形狀縱向切開。圭小姐拿筷子的姿勢很漂亮，吃蛋糕也很優雅。把蛋糕送入口中時，嘴巴張開恰到好處的大小，剛好能塞進蛋糕。

「圭小姐的婚禮真的太棒了，我也想要辦成那樣。」

我接續這個話題。圭小姐溫柔的臉龐變得更加柔和，臉頰的肌肉微微顫動。

我央求她再給我看看婚禮的照片，我們一起看圭小姐的手機。東京車站附近的那間飯店，雖然位於市中心，但從四樓禮拜堂的大窗戶望出去，可以看到皇居的綠意，景色美麗動人。婚宴桌上的花卉和樹枝等裝飾都富有品味且別具匠心，美味的料理和蛋糕，甚至桌布和餐巾，都是圭小姐精心挑選的。我覺得很棒。我是真心覺得，如果自己要辦婚禮也想要像那樣。另一方面，當我和望海一起去喝酒的時候，我卻是歪著嘴這樣說：

「我真的不懂辦婚禮有什麼意義。兩個人自己辦就算了，還要奪走親朋好友和同事寶貴的休假和金錢，來營造自己當主角的時間，然後在大家的見證下說『今天我們正式結為夫妻了！』。不是啊，我真的不懂有什麼意義。穿著那種禮服，然後一副『你看，我是主角，噹──啷！』實在太羞恥了。」

覺得婚禮很羞恥也是真的。如果可以不辦的話，我一點也不想辦。雖然婚宴的漢字寫作「披露宴」，但我根本不想披露任何事情。然而，我腦海浮現大地的臉龐。如果要跟大地結婚，一定會辦婚禮吧。根本就不會討論要不要辦婚禮這件事。

我一邊用手指滑過手機的螢幕，一張接一張地瀏覽照片，一邊說：

「婚禮真的很美好。」

我認為自己的身體裡其實有兩顆心，不只是表裡兩種態度這麼單純。我很確定自己雖然會在背後說壞話，但是那不一定就是真心話。

「我真的不懂辦婚禮有什麼意義。」

雖然我對望海這麼說，但是腦海中也會回想起在圭小姐婚禮上感受到的美好。同樣地，參加朋友的婚禮，看著新郎新娘互相餵結婚蛋糕時，內心深處覺得非常愚蠢，覺得自己被迫看這種場景實在可憐，但同時卻擺出世上最祝福他們的表情，眼中也能泛起感動的淚水。

人心為什麼會這麼散亂呢？每次的想法都不一樣，但又都是真的，與其說是被撕碎，更像是原本分散的碎片，被一一收集起來，然後排列成一顆心的形狀。散亂的並不是拼圖的碎片，而是碎石，所以即使緊密排列也不會完全吻合，還會發出摩擦聲。但是石頭反正也不會痛，不痛不癢。

「直子的男友一定很快就會向妳求婚的。」

圭小姐用無比溫柔的聲音這樣說。我很想聽到那樣的聲音，所以總是在聊結婚的事，因為這樣才會被圭小姐當成極度渴望結婚的女人。當我詢問圭小姐在婚禮上做了哪些準備以及婚後的生活有何變化時，她會鉅細靡遺而且愉快地回答我，因此我可以一邊品嘗葡萄酒的香氣，一邊聽她說話。

才吃一片蛋糕，我已經喝了兩杯紅酒，第三杯選了甜點酒。用手指捏起放在小碟子的堅果，發現堅果外層有焦糖包覆。店內正播放著柔和的爵士樂，我絕對不會和望海來這種店，和圭小姐則不會約在那些吵鬧到沒人介意咂嘴的地方。兩個地方的料理和酒都很美味，截然不同的氛圍我也都喜歡。我和大地一起的時候，會去學生常光顧的平價又嘈雜的居酒屋，但也會去稍微正式而安靜的店。而且，不論去哪裡，在人地面前的我，和與望海或圭小姐在一起時的我都不一樣。

圭小姐輕輕地將空酒杯放在桌上，然後說：

「我可能暫時無法喝酒了。」

我望著她，心想該不會是……她便點了點頭。

「我想生孩子，決定下個月去婦產科諮詢相關事宜。」

「相關事宜？」

「我想要無痛分娩，嗯——然後還有很多其他的事情。」

用「其他的事情」總結那些沒有辦法說出口的事，那樣的距離讓我心中泛起漣漪。我的笑容好像要崩壞了。

「雖然不能喝酒，但直子願意和我去喝茶嗎？」

圭小姐好像很刻意，戰戰兢兢地問我。從她的樣子看起來，是確定我絕對不會拒絕她，這讓我大受打擊，但是……

「當然啊。我會去找美味的咖啡館，完全禁菸而且蛋糕很好吃的地方。」

我還是這樣回答。我甚至有點急切，導致聲音很激動，舌頭也有些打結。這種竭盡全力的感覺，到底是演技還是真心流露，連我自己也分不清。

圭小姐微笑著說「謝謝妳」，我很害怕失去這個人。但是，我確信自己一定會失去她，所以心情消沉。我們想著差不多該走了，便離開了那家店。

當我和圭小姐兩個人走在路上時，只要有低頭玩手機的人靠過來，在離很遠的時候，我就會提前避開，圭小姐也是如此。迅速移動身體閃避。同時，我仍不斷與圭小姐聊天，不會說什麼「妳剛才是不是在避開那個人」之類的話，反而一臉沒注意到的樣子。實際上，圭小姐可能真的沒注意到。就像抬腳跨過人行道上的磚塊，或者走在下雨天的人孔蓋上，小心不要滑倒一樣，只要過了那個瞬間，你就會忘記自己做過這些事。我則是注意得清清楚楚。「躲開了」、「我現在避開了」，我甚至會用引號來強調。那是一名年約四十歲，穿著套裝的女人，連看一眼前方的路況都不願意，橫著拿手機在看影片。即使在我避開之後，她看著手機螢幕的眼神、表情，我也會一遍又一遍地想起。我總是在心裡想著，你們這些人，是因為我讓開了才能筆直走下去耶。我一邊微笑著和圭小姐聊天一邊走路，無論過了十分鐘還是三十分鐘，我都會想起那些人的臉，心中帶著殺意。

有一位看起來像觀光客的外國人，交互看著路標和手中的旅遊書，歪著頭疑惑。當我用英語詢問對方想去哪裡時，他指著旅遊書說想去這裡。看起來是一間仿造忍者宅邸的餐廳，地點就在有樂町車站旁邊，只需要稍微繞一下路就能到，所以我就提議說要帶對方過去。我對圭小姐說：「會繞一下路，真是不好意思。」便邁開步伐。圭小姐的眼睛、嘴巴、臉頰和眉毛一起展現出笑容，高聲地說：「不愧是直子，動作好快，真討人喜歡。」明明知道有孩子後，我們就沒時間見面，卻還說這樣的話。既然喜歡，我就希望妳能一直待在身邊，但我同時又覺得自己不是一個值得來往的好朋友。

我幾乎可以想像自己的未來。等圭小姐有了孩子之後，我們就會變得疏遠。我會在她生孩子的時候去祝賀，但之後可能好幾年都見不到面了。然後因為只和望海親近，我的善惡標準就漸漸接近望海的期望值。就在標準完全重疊的時候，望海被調職，可能去北海道、沖繩或是國外。我們會因此疏遠，即使她因為出差來到東京，也不知道會不會聯絡我。望海有很多朋友。現在住在東京的我，還在她定期見面的名單中，一年回來幾次的話應該會找我一次，但如果一年只來東京一次，我得到這唯一的邀請機會有多大呢？最後，望海也會離開我。沒辦法，我只好跟大地結婚了。只要結婚，我們就不會變得疏遠。我想起母親被打得紅腫的手臂，即使變成那樣也沒有疏遠。等將來孩子出生後，我會因為托兒所、小學或才藝班而結識其他孩子的媽媽，並成為朋友。當小孩從托兒所或小學畢業、停止參加才藝班時，就會變得疏遠。國中和高中一定也會重複一樣的輪迴。不同於孩子的世界，我也能在現在任職的公司裡交到好朋友，但退休後馬上就會疏遠。在一定期間內接近與疏遠，周而復始。

「我們學校的學生遇到肇事逃逸。」

在居酒屋吃晚餐的時候，大地聊起這件事。烤雞肉串、生魚片和燉漢堡排。因為隨意點了想吃的東西，桌上的食物毫不統一且雜亂。我舉起啤酒杯喝酒，大大睜開眼睛示意他繼續說。

「正好在一個星期前的星期六，那個學生騎著腳踏車，要去參加社團活動，途中被汽車撞了。聽說開車的是個中年女性，但她連警察都沒叫就直接走了。那個男生，啊，學生是男孩子，傷得不重，只是擦破了一點手肘上的皮膚，聽說手機也摔裂了。學校禁止帶手機就是了。然後，與其說是那個孩子本人要追究，倒不如說是他媽媽，要求警察找出犯人。」

「已經正式向警方報案了嗎？」

我一邊用溼紙巾擦掉嘴邊殘留的啤酒泡沫一邊問。大地含糊地點了點頭，然後接著說，事情就是這樣。

「我們啊，我的意思是說我們這些教職員，都莫名有種不祥預感。」

「為什麼？」

「看那個孩子的反應，好像真的不想提到車禍的事。實際上，事故發生的那天，他也有來社團活動，還對顧問老師說是自己摔倒的。這件事其實是別人報的案。有人看到那孩子和朋友在網路上的對話，說雖然用了暱稱，但應該就是你們學校的某某同學，還很詳細地告訴了校方年級和班級。比起肇事逃逸，我更擔心這件事。看來真的需要好好建立學生們的網路素養呢。我沒有在用Twitter，不過直子妳有在用吧？」

「嗯，我有帳號。雖然我自己不太發文，但我會用來看新聞、小狗和貓咪的照片，還有別人寫的小說或電影的感想，還滿有趣的。」

「對啊，那樣用才對嘛——」

大地吃烤雞肉串時並沒有從竹籤上取下，就直接把剩下一半的烤雞肉連同竹籤一起遞給我。

「接到匿名電話後，我們先問過本人，但他一再表示希望不要告訴父母，也不要跟父母聯絡。雖然可以理解那個年紀的孩子不願意父母插手，但情況並不允許。所以校方找來那個孩子及母親進行三方面談，但每當提到警察這個詞的時候，他就顯得非常緊張……」

「面談？是大地跟那個學生面談嗎？那個孩子是大地班上的學生嗎？」

「啊，對，沒錯。」

原來如此，我一邊回應一邊心跳加速。我伸出左手，去拉下握住啤酒杯的右手襯衫袖口。

「手機都摔裂了。我聽到這件事的時候，覺得他可能是一邊玩手機一邊騎腳踏車，結果撞到汽車了。他自己應該不會主動說出來，不過，校方經常收到學校附近的鄰居打電話過來，說學生邊騎腳踏車邊看手機很危險。」

哎呀，你被發現了喔，吉岡同學。我心想不愧是學校老師，然後看著大地的臉。與同學中那些隨著年齡增長，身材逐年崩壞的男性相比，大地出社會後反而變得更加健壯了。無論相貌或體型，都完全符合「老師」的形象。我也曾經在大學修過教程，但中途放棄了。我在模擬教學課程中和大地變得親近，當時他讓我覺得：「啊，原來要成為學校老師的人，就是這種真正的好人啊。」我就放棄了。

「可是，真的太過分了。弄傷國中生還逃跑，身為大人，這樣做也太不負責任了。」

大地用真的發怒的聲音這樣說。他說出口的話，筆直朝我飛來。我假裝伸手去拿盤子，身體往旁邊一閃，避開那句話，然後舔掉手指上的烤雞肉串醬汁。

「那個孩子是怎麼樣的學生？我是說那個出車禍的學生。」

大地的手指和我一樣沾到烤雞肉串的醬汁，但他一邊用溼紙巾擦拭一邊說，這個嘛——我心想，你都不覺得奇怪，就要告訴我嗎？我詢問大地學校的事，他總是會特別用心地回答。

「他是個非常認真的學生，曾當選過班長和風紀股長，現在是衛生股長。成績優秀也很有禮貌，儘管有些這個年齡的稚氣，但總而言之是個好孩子。」

可能是提到學生滑手機而感到內疚，所以他用讚美的口吻描述吉岡同學「是個好孩子」。

「不過，直子妳果然是個很溫柔的人。」

大地突然這麼說。我問他，你怎麼突然這樣說？就算大地不回答，我自己也知道答案。

「在聊那個受傷的孩子時，直子一臉擔心的樣子啊。妳看，這裡。」大地伸出手來輕輕地摸摸我的額頭。「都皺起來了。妳不用這麼擔心，沒問題的，我會好好照顧那孩子。不過，謝謝妳這麼關心我的學生。」

「大地能成為學校的老師，真是太好了。」

我這麼說完，才讓眉頭舒展開來。我會不會有一天，變得能隨時隨地而且不自覺地釋放這種感覺呢？

下週可以來我家嗎？大地這麼說，我一副有點害羞地回應，當然好，我也想跟你住在一起。我一邊說著我幫你做一些午餐的便當菜吧，然後想起站在超市收銀臺的大嬸。學校的老師們也在談論肇事逃逸的事情喔，聽說吉岡同學的母親也正在找犯人耶，我在腦海中這樣說。大地說我想吃咖哩耶。你看起來還真高興啊，這句話我沒有說出口。你在新宿看了什麼電影？這句沒說出口。我長得像女主播嗎？這句也是。

剛出居酒屋的路上，有五個上班族聚在一起。他們說話的聲音大到讓人覺得是刻意為之，但發現大地後，主動閃開讓出了一條路。大地點頭道出「謝謝——」後繼續前進，我也跟在他身後。這是一條當我獨自一人時絕對不會走的路。我伸出手，緊緊攀住大地的手臂。

那晚做愛時，大地還擔心地說「妳這是怎麼了？」，他看到和吉岡同學擦撞時的傷口。一個星期過去，傷口雖然不再那麼醒目，但結痂和周圍的瘀青還沒有消退。

「我摔了一跤。在公司搬東西的時候摔倒，但現在已經沒事了。」

「發生這種事，妳要告訴我啊。」

大地彷彿要將我整個包住似的壓上來。我在想，說了不知道會怎麼樣，但大地應該會想辦法處理吧。可能買一塊貼布回來？我不知道，是這個念頭突然浮現在腦海中。

大地會做那種感覺他會喜歡的愛，很健康的那種。所謂的健康，就是不必多加思考就能感覺很好的狀態。平常的大地和性愛這種行為，很難聯想在一起。哈啊、哈啊、哈啊，他會短促地吐氣，或晃動腰部眼睛朝斜上方看。當我像這樣觀察得太仔細時就會感到疲憊，所以我試著不去思考。但我也不是討厭做愛，做愛會讓我覺得很安心，覺得自己還有可以付出的東西，真是太好了。像我就沒什麼能貢獻給望海和圭小姐的。

大地避開我手腕上有瘀青的部分，但用讓我無法掙脫的力道壓制著我的身體。大地做愛的時候總是會壓住我的身體，他可能認為「非這麼做不可」吧。也許是剛學會性行為的時候，有人這樣教他，他就一直忠實地遵循著。但我從來沒聽過這種說法就是了。反正人家怎麼教，他就怎麼學。

他從以前就深受許多人的喜愛，尤其是親戚的大人和學校老師，也會被男孩子愛慕。當有人稱讚我的髮型、擁有的東西，更直覺的眼睛、鼻子、嘴巴、耳朵，或者整張臉，還有手腳、胸部、臀部等，身上固有的某些東西時，我就會覺得，這樣我對那個人來說正好就是「好東西」，能讓他們的心情變好。我想起祖母撫摸我頭髮的手。對了，她曾經撫摸過我的頭髮，不是因為聽祖父的話才這麼做。不過，那雙手撫摸的動作，不是也只有在我表現好時才會出現嗎？

在大地搖動腰部的時候，我正在想著這些事情。一方面覺得大地很可憐，但同時也很羨慕大地。身體有接觸的部位全都熱熱的，沒接觸的地方就很冰冷。

趁大地洗澡的時候，我確認了一下吉岡同學有沒有新留言。

「感謝大家的鼎力相助。我希望這件事就到此為止。」

吉岡同學，聽說你是一個好孩子。你學校老師說你是個好孩子喔。

大地脖子上披著毛巾回到了房間。

「對了，我的高中朋友要結婚了。」

「這樣啊——恭喜。你會去參加婚禮嗎？」

「嗯，這是我第一次參加朋友的婚禮。小學時曾去過親戚的婚禮，但我更期待朋友的婚禮。」

對著一邊用毛巾擦拭頭髮一邊興奮說話的大地，我一時語塞。直到二十五歲都沒有參加過婚禮，還真是令人驚訝。然後我很快就想起，大地其實是都市小孩。和我的家鄉不同，在那裡很多人高中畢業後馬上結婚，二十歲左右就開始生孩子。大地身邊的同學都有上大學，現在工作第三年，正好是適合結婚的時機。

「我真的沒有信心能夠純粹以祝賀的心情去參加，無論如何都會忍不住去想，我們結婚時該怎麼辦？」

大地天真地這麼說。欸——不行啦——你要專心慶祝朋友結婚啊——我用刻意天真無邪的聲音回應，同時不看螢幕，便用手指迅速關掉手機畫面。大地坐在我身邊，伸出手把我抱過去。直子真是個好孩子耶。我被吻了很多次。

即便是這麼親密的人都無法發現的我，應該就是真正的我了吧。人們常說表裡不一，但其實無論表裡都是我的表面。我應該還算是個好孩子吧。

「婚禮固然重要，但我最期待的還是孩子。這是理所當然的，因為我超愛孩子的。」

直子呢？他從來不會問我。我在大地心目中沒有別的可能性。大地可能從未想過我會討厭孩子，我雖然不討厭，但也不是那麼喜歡，即使我大概永遠不會有說出口的機會。

大地說他想和我結婚，我覺得他真是個傻瓜，但又立刻斥責自己這麼想是不對的，我也應該是想和他結婚的，但是這個時候又浮現吉岡同學的臉。我為什麼不閃開呢？星期六的中午，天氣很好，我想著要在大地回來之前做午飯，心情很平靜。

絕對不能讓大地看到那樣的自己。明明不能讓他看到那樣的自己，卻還是要承諾共度餘生嗎？我覺得自己好奇怪，所以笑了出來。

在思考結婚的問題時，我腦中浮現祖母的手，祖母握緊拳頭的手。母親的手臂和背部跟著拳頭的形狀凹陷，只會埋著頭在膝蓋上嘆息的父親，兩人之間不再只有兩人的平衡。我見過大地的媽媽，她感覺是一個開朗又溫柔的理想媽媽。所以我更覺得「我才不會上當呢」，她說我是「漂亮的大小姐」，因為我刻意營造這種人設，她會這樣說很正常。我可是下定決心，連眨眼都要卡在對方希望的時機點。

「前幾天我跟老媽通電話時，她說很想快點見到直子。老爸和老媽只見過直子一次，就非常滿意。感覺他們比在乎我還在乎直子呢。話說回來，直子那時也有裝乖就是了。」

在與大地家人見面的那天，我可不是普通程度的乖貓。我可以說是剝下全世界所有可愛貓咪的皮還不夠，甚至動用凱蒂貓和瑪麗貓來補強不足的部分，打造出史上最強乖貓，其中完全沒有我的影子。順道一提，我平時就一直在裝乖貓。在大地面前、公司、家人面前都在偽裝，就連獨處時我也在裝。原本的臉孔早就在布偶裝裡被蒸熱、摩擦、壓扁，導致變色，原來的樣子全沒了。

做了壞事之後，我會想很多。在睡覺前或是一個人的時候，我就會思考。大地在我旁邊時，我無法沉思。這可能是我想和大地在一起，最重要的原因。當一個人獨自思考時，往往比較能清楚地意識到自己做過的事情，比事情發生的瞬間更清楚。我能直覺地理解自己為什麼會這麼做。這種沉思，有時有必要，有時則會令人感到疲憊。大地在我身邊的時候，我的頭腦就會變遲鈍。最好就這樣變得遲鈍，什麼都不再思考。遲鈍與溫柔有些相似，就像笨蛋無法卑鄙一樣。

緊貼著大地的身體，感到溫暖。在酣睡中，我想起了吉岡同學的眼睛。雖然只見過一次，但我卻異常鮮明地記得他的長相。他用孩子真摯的眼神直視著我。腦海中的吉岡同學正在開口說話，我用想像中的耳朵竭盡全力傾聽。嘴型看起來是「啊、啊、喔」。接著他歪著頭，露出疑惑的表情，隨後哈哈笑出聲。

兩年前，公司發生過偷竊事件。年末聚餐的負責人提前收的款項不見了。年末聚餐當天早上，大家開始上班之後，負責的幹部就說：「大家要在今晚之前把錢繳給我哦——」大家都應了一聲：「好——」剛進公司，身為最資淺的員工，我當場拿出錢包迅速繳了聚餐費用。第一年入職的新人要繳兩千圓。幹部一收到，就馬上把錢放進了棕色信封裡，並在手邊的清單上打了勾。參加費根據入職年數從年輕員工兩千圓到四千圓不等，課長為一萬圓，係長為七千圓，主任為五千圓。那筆錢連同信封一起不見了。午休期間內放在抽屜裡的信封不見了。

早上收到十幾個人的款項，總金額大約七萬圓。擔任幹部的主任大聲嚷嚷道：「我確實放在這裡的！」然後大家開始了一場臨時的大掃除，看看是否掉在桌子的縫隙裡。我也參加了大掃除，藉此機會把自己的辦公桌周圍整理乾淨，用消毒紙巾擦拭電話，用紙巾擦乾淨電腦後面的灰塵。找不到呢，大家冷淡地互相說著，倒是辦公桌越來越乾淨了。有好幾個人都看見主任把信封放進抽屜裡，午休時，主任外出吃午餐所以不在辦公室。留在辦公室內的包括兼職和派遣員工在內大約有十個人左右，大家會輪流去便利商店或洗手間，沒有誰注意到主任的辦公桌。偷東西應該很容易吧。

我環顧整個辦公室，差不多有二十個每天都要見面的人在這裡。不僅是正式員工，就連兼職的打工族也幾乎都是在這裡工作很久的人。我們之間建立了一定的人際關係，不是匿名的無關人士，而是一個個叫得出名字的集合體，譬如某某先生、某某小姐。在這種地方出現偷竊事件真的很可怕。這區區七萬圓，如果時薪是一千圓的話，需要工作七十個小時。假設每天工作七個小時，需要十天的時間。如果換算成正職員工的薪水就更少了，包含獎金在內的話，可能等同工作五或六天。或許問題不在這筆錢金額大不大，而是在偷竊這個行為本身，但無論如何，我還是忍不住會去想。也就是說，這個人真的認為這筆錢值得偷，就算要摧毀並賠上所有人際關係也無妨。那個偷錢的人。

結果大掃除之後，也沒有找到信封。我們沒有報警，事件不了了之，短少的錢由正職員工們分擔補足。雖然我覺得取消年末聚餐就好，但沒有人提出這個建議，因此我也出了分攤的費用。在年末聚餐的時候，這個話題不時被提起。幾乎可以確定是在場的人之中有人偷了錢。明明沒有認真找犯人，但是大家心中各自懷有一絲猜疑，認為可能是某個人。一旦少數人聚集在一起，「也許會是他」的話題就像從放了乾冰的杯子裡冒出白煙般飄散，然後迅速消失。在話題不多的職場裡，曾一度被視為刺激有趣的八卦，但幾週後這話題就不再新鮮，只剩下有同事行竊這個事實。也就是說，有人將這個空間、這段人際關係，甚至還有自己，放在金錢的天秤上衡量，並且認為自己完全不需要這些東西。

懷抱著那份不愉快，今天大家也照常工作。表面上看起來非常平靜。

從那之後，我就一直在思考。偷錢的人放在天秤上的東西，金錢和我們這些同事。被放在天秤上衡量的「我們」，代表工作、人際關係、叫得出名字的某個人。我自己心中應該也有一個天秤，不過，這個天秤有些生鏽，還沒放什麼上去就已經向左右其中一邊傾斜。

把天秤拿出來，擦乾淨。用沾水後擰乾的布，耐心地擦拭。持續擦拭後，用牙籤清除縫隙中的灰塵，天秤才終於回復平衡。銀色的天秤，帶有裝飾的圓形托盤。接下來我會不斷在上面放些東西。

我代替了那些因為這週要準備孩子社團比賽而需要早點回家的人。孩子的社團比賽將至，父母需要做些什麼嗎？我沒有經驗所以不知道，因此也不能問「為什麼」。畢竟對方有事，而且是比工作更要優先處理的事，因此由我來承擔這些人的工作也是無可奈何。即使無法接受，我也只能硬吞。我在手帳的空白處寫下：

社團比賽、被強迫分擔工作、雖然不知道是哪個社團，但希望輸掉比賽

我突然意會到這不是紀錄，而是詛咒啊，然後面不改色地偷笑。

按照同事給我的筆記，打開雲端共享檔案。檔案完全沒有處理，依然保持原狀。桐谷先生說了聲「辛苦了」，便把裝滿咖啡的杯子放在和我相鄰的桌子邊緣。我聞到飄散的咖啡味，其實我並不是那麼喜歡咖啡的味道喔，不知道這麼說出來他會有什麼反應。對自己既不喜歡也不討厭的東西明確表達喜歡或討厭，明明只是我說說場面話而已，這個人卻像是在炫耀自己還記得似的，總是把咖啡放在我的旁邊。

「這種情況就是要互相幫忙嘛。總有一天佐元小姐也會拜託別人幫忙，現在就是妳該努力的時候。」

我反射性地回答了「是啊」，並接著說「謝謝」來表示感謝。這兩句話感覺都不太對勁。我心裡並不認為是這樣，也不覺得需要感謝，但這些話還是自然而然地脫口而出。他這麼說，就好像總有一天我生了孩子，就一定會需要拜託別人頂替自己的工作那樣。

桐谷先生就這樣到處發表這種愚蠢的言論好了。我心中越煩躁，桐谷先生的罪孽就越重。希望有一天這個人的女兒到了懂事的年齡，他還說著同樣的話，讓他最親愛的女兒鄙視他。到時候桐谷先生一定會說，女兒可能正值叛逆期或青春期吧，雖然有點寂寞，但也為女兒成長感到高興之類的話。我到時候就要告訴他，是啊，一定會覺得寂寞，但幾年後一定會很尊敬父親的，尤其是當她自己開始工作的時候，畢竟我以前也是這樣。我都可以想像得到，桐谷先生笑著說，是嗎？以後真的能和女兒一起喝一杯嗎？如果你女兒願意跟你一起喝酒，大概是因為她已經克服了許多難關，並且接受了你不完美的地方。雖然只是一個沒用的老頭，但畢竟有血緣關係，所以也不能徹底擺脫他，只好跟他喝一杯了。希望你女兒能有這種心情。

「那我先走了。」

喝完咖啡的桐谷先生說完就離開了。左邊的座位突然變空，我終於能深深吸一口氣，把氧氣送進大腦。

晚上很晚才回家，早上又要很早起床，一天就這樣簡單地過去了。我一心只想著快點到週末吧，日子就這樣一天天過去了。

那天我已經差不多處理完工作，本來想直接從客戶那裡回家，但因為桐谷先生要求參加聚餐，所以不得不回公司。我很討厭桐谷先生把應酬稱為聚餐。在約好的時間之前，我著手處理資料數據。英語會話教室已經決定導入系統，也簽訂了合約。我拿著合約書去四谷車站附近的大樓時，櫃檯接待的女人對我說「Hello——」，但發現我不是學生後，臉上露出尷尬的表情，然後改口說「歡迎光臨」。如果導入預約系統，她就會失去工作，說不定會被解僱。

在酒席上，我被安排坐在職位較高的人旁邊。我認為帶著微笑，以表示對於對方談話感興趣的方式眨眼，也算在薪水之內，所以就這麼做了。除此之外，我也做不了什麼。如果有些人不這麼做，我就會想「為什麼他們不笑」、「為什麼他們不說好厲害或者不知道」，但我同時也覺得自己很奇怪。雖然很奇怪，我卻無法不這麼做。不這麼做又能怎樣？反正哪裡也去不了。

我總是想著要保持微笑或裝作有興趣的樣子，其實我真的不知道該如何對別人說的話感興趣。先不論感不感興趣，在那之前，我早就決定無論是誰說話，都要禮貌、專心且「興致勃勃地」聽。我不知道如何在不考慮對方感受的前提下，來聽別人說話。

校長致詞很久。大家坐在體育館冰冷的地板上，用指甲撥弄著室內鞋前端的橡膠打發時間。我則是抬起頭，注視前方，有時候也會點點頭。我吸著比班上所有人都高一顆頭的空氣，數了數體育館右上方懸掛的校歌歌詞字數，數完後再計算每個字的筆畫數並加起來。在小學畢業之前，我已經挑戰了很多次，但我數的總筆劃從未一致，每次都差一或兩筆。當我覺得睏的時候，我會咬自己的臉頰內側來忍住睡意。我的哈欠就這樣被抑制在喉嚨內部。本來應該變成哈欠的空氣，化作細細的線從鼻孔排出，引起的震動使我的眼睛蒙上一層淚膜。我想著，大地是不是在朝會上會抬頭聆聽校長講話的孩子呢。大地他啊，應該有時候會認真聽，有時候也會不認真聽吧。有時會和朋友說，校長致詞真無聊——聽得我都想睡了——雖然不會特別對誰說，但也有可能會覺得今天講的內容挺有趣的。兩種情況都會有吧。

目送客戶搭計程車離開後，我和桐谷先生兩人一起前往車站。看來我能趕得上末班電車。我一邊走一邊安慰自己，很快就會發獎金，但隨即又覺得自己只能為五斗米折腰，反而變得更不愉快。桐谷先生很滿意地說：

「哎呀，真的太感謝佐元小姐過來幫忙了。對方似乎也很開心，嗯，太好了、太好了。」

我也露出笑容。

「能聽到各種話題，對我來說是很好的學習機會。感謝您的邀請。」

我用「帶點醉意天真直言」的聲音這樣說，桐谷先生笑得更開了。

「希望小寶以後長大也能像佐元小姐這樣。」

他用提起女兒名字這種方式在誇我。我一邊謙遜地說哪裡哪裡，一邊感受到心臟從邊緣開始結凍。原來桐谷先生是那種即使自己的女兒在同一家公司工作，也會希望她做和我一樣業務的人啊。與客戶的應酬，因為負責人當中沒有女性，所以帶了不在這次業務範圍的部下來陪坐。原來這件事對桐谷先生來說並不過分啊。「我認為這絕對會對佐元小姐有幫助。」他是真心這麼想的。

突然想起自己被迫坐在佛壇前，聽祖母不停講述已故祖父的過往。奶奶，所以爺爺那時候怎麼了？我用閃閃發亮的聲音問著問題，連我自己都能聽見。即使那個無聊的炫耀故事，我已經聽過無數次，但每次都裝作第一次聽到一樣，表現出驚訝的樣子。哇——好厲害！我會大聲這樣說。

用雙手緊緊抓住頭上戴著的乖貓布偶裝。我現在這張臉，是在公司裡特別乖巧的模樣，但原來桐谷先生希望女兒在家裡也像在公司一樣乖巧啊。

我從以前就一直很討厭桐谷先生，因為他帶著和大地不同的直率喜歡著我，但工作與個人情感無關，所以我也就算了。不過，我心裡覺得他眼光很差，眼睛和心靈都徹底腐爛，真的很討厭。但是為了不被他察覺出任何一點，我帶著更加堅定、精準的笑容，禮貌地對待他。

我並不是一開始就討厭桐谷先生。他會耐心地教我工作，從不情緒化地大聲斥責，其實是一位不錯的上司。我也曾心甘情願接受被稱作大小姐、被人過度關心或是讓人過度勞心。同時被看輕與負擔減輕的情況，或同時某方面獲得好評又被消耗的情形，往往是發生在同個層次的事。剛進入職場時，我以為這或許就是成為社會人士的感覺；到了第三年，逐漸熟悉工作並覺得自己真的能勝任時，我開始認為，除了完成工作外，還要要求表現得和藹可親，實在是很不划算。那是一種後來才湧現的情緒，我是後來才開始討厭打從一開始就沒變的桐谷先生。

在車站月臺上微笑著低頭道別，桐谷先生離開後，我依然保持著微笑。我會忍不住覺得，說不定有人在監視，監視我突然變臉的瞬間。

小學時，同班同學的表親因一場意外去世了。同學們哭了，當大家聽到他們是同齡且很要好的朋友時，周圍的孩子們也跟著哭，最後全班同學都在低聲啜泣。我看到班導的表情，那個老師，只要我們沒有在規定時間完成應該做的事，比如打掃、整理或排隊，就會立刻大聲責備。我希望他開口說休息時間結束了喔，但是老師也帶著悲傷的表情，默默地看著大家。我感覺就像被老師背叛了一樣。老師環視大家的目光很溫柔，但我擔心他會確認有誰像我一樣沒有哭，然後記在名冊上，而那份名冊將伴隨我一生，隨時隨地跟著我。想到這裡，我感到害怕，於是也哭了。我一邊哭一邊想著，因為我身上也流著祖母的血。好孩子的反義詞不是壞孩子，而是討人厭的孩子。我能聽到祖母說「真是討人厭的孩子」。因為我一直表現很好，所以實際上從未被這麼說過，但那聲音卻非常鮮明。真是討人厭的孩子，真的，好討人厭。

電車駛進時的風把我的頭髮吹到臉上，我用手指撥開，直到桐谷先生絕對看不見我的距離，我才放鬆表情。

週六上午，那個大嬸出現在超市的收銀臺。大嬸面不改色地說「歡迎光臨」，她的聲音聽起來開朗又溫柔，擁有這種令人安心的聲音的人，與在那次意外中對國中生說出「刮傷了欸」的那個人，看起來判若兩人。

「總共是一千五百三十五圓。收您兩千圓，這是找您的四百六十五圓和收據。謝謝光臨。」

當硬幣從大嬸的指尖滑落時，她的眼神已經停留在下一個排隊的人身上。只要維持每週六中午在大地家吃飯的習慣，或大嬸的兼職時間不改變，我們就會繼續每週見面。每次我都會想起「對了，之前發生過意外啊」，雖然並沒有真的忘記，但我總是強迫自己回想這件事。

我一邊等大地回來，一邊準備午餐。烤鮭魚，用鋁箔紙包住鮭魚、洋蔥和奶油，接下來只要烤熟就好。把米放入電鍋後，我坐在沙發上，馬上拿起手機。

吉岡同學的推文中，開始出現大地的身影了。「真的很煩人」，「吉岡的體重」這個帳號，一直在反覆解鎖和上鎖。帳號上鎖的話，除了追蹤者以外的人將無法看到吉岡同學的發文。不過，包括我在內，將近三百個不知名的人正在追蹤吉岡的體重，那這樣設置權限到底有什麼意義呢？我有一種被困住的感覺。如果要上鎖，就應該一直鎖著啊。而且，只要刪除帳號，吉岡同學所寫的東西就會全都消失，彷彿從未存在一樣，但他還是不這麼做。他是那種必須交朋友的人。如果我是國中生可能也會那樣做，所以我可能一開始就不會碰Twitter，不過會這樣想是因為我已經長大成人，如果我是國中生，恐怕也會用吧。

「到頭來大地也就是個老師而已」

他雖然沒有詳細說明來龍去脈，不過從吉岡同學和朋友的對話，以及從大地那裡聽到的狀況來推測，應該是因為他央求不要把車禍的事情說出去，但老師還是聯絡了母親，這讓他無法接受。「到頭來」這個詞，讓我感覺到吉岡同學的憤怒，他相信大地和其他人不一樣，但是被背叛了。除了老師以外還能是什麼呢？畢竟我是大人，所以會這樣想。

「不過，說實在的，這不算肇事逃逸」

突然出現了這句話。就在停止與他人對話，喧鬧散去的時間點，突然冒出赤裸裸的低語。

「什麼？什麼意思」

「和汽車相撞後沒有報警是事實沒錯」

「這不就是肇事逃逸嗎」

「對方有問我要不要叫警察，是我說不用的」

「你這樣對開車的大嬸說？你們這不是談過了嘛」

「與其說是大嬸撞過來，倒不如說是我不小心衝到車前，稍微碰到車而已」

「不會吧，這樣情況完全不一樣啊」

「所以報警我反而很困擾啊」

「也是」

吉岡同學和友人有一些互動，鈴木@丸中排球社就發文說「【速報】吉岡的肇事逃逸事件，其實是自導自演的——」，後面接著寫道「單純是吉岡看手機騎單車結果摔倒了」，然後原本對「吉岡的體重」發文有反應的幾個人，這次都回應了「鈴木@丸中排球社」的留言。

「真的假的，太好笑了吧」、「真丟臉！」、「不要邊騎車邊用手機啦——！」

對於那些留言，吉岡同學也有回應。

「不，肇事逃逸這件事的確是事實。我還是有稍微被撞到啊。笑死」

最後的「笑死」應該是只有要寫「笑」，只是忘記把自動選字「死」刪除吧。如果是這樣的話，刪除並去掉「死」重新再發一遍就好，但吉岡同學卻並沒有這樣做。繼續留著「笑死」兩個字。

大地傳LINE訊息說「現在要回家了」，我便開火把平底鍋放在瓦斯爐上。他應該會在大約十五分鐘後回到家。我將包著鮭魚的鋁箔紙放在平底鍋上並蓋上鍋蓋。

Twitter上不只提到大地，也提到我。

「聽說大地要結婚了」、「女同學有在說，好像是這樣」、「大地感覺會喜歡美女——」、「如果他選了一個不是很漂亮的女生，說不定反而更受歡迎——」、「如果他是考慮到這些才結婚，那就太可怕了」、「反正他結婚的對象肯定是美女啦」。

沒有人討論我從事什麼工作、性格如何、年齡差距大不大，大家始終在討論漂不漂亮。原來城市裡也有這種事，我還以為只有鄉下才會這樣。我腦海裡浮現祖母的臉。我逐年忘記她的長相，那張臉我明明曾經在佛壇前盯著看了好多個小時，卻率先在記憶中淡去。頭髮是灰色的，還是染成黑色的白髮呢？我在腦海中比對兩種版本，但感覺這兩個版本都不對。

我從小就被教導撒嬌很重要，而且我也因此過得很順遂，所以自己也認為確實如此。總是面帶微笑，有時即使本來就知道，也會說「這個我不懂」，當別人教我的時候就說「謝謝」。人會喜歡或討厭某人，就是因為這點小事。只要這麼做就能被喜愛，那我這麼做就好了。大家不會像這樣思考自己的行為嗎？我有時候會覺得非常不可思議。我到底是怎麼看待自己的呢？被別人喜歡的話，就不用去思考為什麼會被喜歡吧？即使不知道為何被喜歡，也不會感到不安吧？

我在想我們應該會結婚。大地已經在工作場合這麼說，就表示我會和大地結婚。接下來我們應該會開始安排何時辦結婚登記、怎麼安排雙方家長見面、選擇戒指和蜜月旅行的地點，還有要一起住的婚房怎麼辦之類的事情吧。我很容易就能想像與大地一起生活的日子。滿足、安心、勤勤懇懇，所以一直渴望在他身邊。另一方面，我也會覺得，自己終於辦到了。因為我總是和藹可親，大家都覺得我是個好孩子。「大家」也完全包含大地在內。這種感覺不是悲嘆，而是疲憊。

大地回來了，我們兩個人一起吃了烤鮭魚。明明只是用平底鍋料理而已，大地竟然說「感覺像是精心烹調的料理」，一副很高興的樣子。我一路懶散到傍晚，到了晚上八點左右，才站起來說「我差不多該回去了」。明天一早我要去幫參加馬拉松比賽的同事加油，所以今天我要回家睡。大地說要送我去車站，所以我們一起離開公寓。我一邊向車站走，一邊感嘆著：「難得放假耶。」大地笑著回答：「大家一起為馬拉松比賽加油，這樣的職場很好、很溫暖啊。」聽到「溫暖」這個詞，我心裡想著「才不是」，但沒有出口，又不禁沉思為什麼自己不說出來。明明感覺還有很多話題可以盡情暢談，卻在語言形成之前，強行接上完全不同的話題，避免對話中斷。

「啊，好想喝酒喔。」

大地突然這樣說，然後就在便利商店買了罐裝氣泡調酒。他也遞給我一罐，所以我也跟著打開氣泡調酒。我說快到車站了，這樣會喝不完啦，大地便指向兒童公園。

我們坐在鞦韆上喝氣泡調酒。公園裡除了鞦韆，還有溜滑梯、沙坑和會搖來搖去的動物造型遊樂器材，沙坑被圍欄鎖住禁止進入。晚上好像都會鎖起來，到早上的時候誰會來開鎖呢？離鞦韆最遠處的長椅上，有個男人在睡覺，他把紙箱放在肚子上。

公園的中央有一棵大大的樟樹，道路旁則圍繞著公園栽種了矮小且葉子茂密的樹木。在東京也經常可以看到綠景，現在這個季節會常常看到繡球花，春天有櫻花，秋天有銀杏，這些植物明確傳達了季節的變化，意外地也有鳥類和昆蟲。我很討厭這些生物，就是沒辦法接受，覺得很討厭。東京竟然連大自然都想擁有。我的心裡浮現「對不起」這句話。因此，看到上鎖的沙坑圍欄和流浪漢睡在長凳上，我就覺得很安心。都市就該戴上都市的枷鎖。感覺很痛快，但又搞不清楚抱著這種心情的自己到底站在哪一邊。總有一天，我在東京的生活時間會超過在鄉下的日子，但東京始終讓我覺得像是暫居之地，回到鄉下探親時，又覺得這裡也不對，有種違和感。

大地迅速地將喝完的空酒罐放在腳邊，用雙手抓住鞦韆用力晃起來。

「盪鞦韆真好玩。」

他這樣說，然後玩得很開心。我腳尖輕觸地面擺盪，感覺即便是這種程度的晃動，肚子裡的氣泡調酒也會跟著搖晃。我試圖回想自己究竟是幾歲開始不再玩盪鞦韆，其實也不是很久以前的事情，大學時期，我也會像現在這樣，半夜邊喝酒邊在公園盪鞦韆。當時和望海一起，那個時候，沒錯，確實很開心。盪鞦韆很開心。沒錯，以前和望海一起喝酒，不是只會說別人壞話和大笑而已，有時候也會在公園裡盪鞦韆。大學時期明明只是三年前的事，是從這三年的什麼時候開始，我就不再興奮地盪鞦韆了呢。

嘿咻，大地喊了一聲，然後從劇烈擺盪的鞦韆跳下來，在遠處落地，我也跟著站起來。收起大地放在鞦韆下的空酒罐，連同自己的一起丟進垃圾桶。垃圾桶發出的聲音，使得旁邊睡在長椅上的男人閉著眼睛翻身。啊，就是這裡，大地這樣說。

「什麼？」

「魚的墳墓。」

大地指著的位置，有可燃垃圾、瓶罐、不可燃垃圾等一排大型垃圾桶，後面是一片種滿齊腰高度樹木的區域。

「啊，是之前丟在公寓前的那條魚嗎？」

大地點點頭，迅速合掌閉上雙眼。他的舉止一點也不像在開玩笑。離開公園走沒多久，很快就看到車站。他是不是有什麼話想說呢？他刻意繞去公園的時候，我有這種感覺，但大地只是盪了鞦韆並在魚的墓前合掌祭拜而已。車站到了，我對大地揮手告別，獨自通過剪票口。

當我從剪票口出來時，被後面的上班族撞到。砰，衝擊感。我忍不住咂嘴，自己都驚訝於舌頭迅速滑過門牙內側的感覺。上班族回頭看著我的臉。

「剛才你故意撞了我，所以我的右肩非常痛。我覺得你是因為我看起來是個乖巧的女人才特意挑我來撞，這讓我非常火大，所以才會忍不住咂嘴。」

明明想這樣說，但卻發不出聲音。不是卡在喉嚨，而是卡在鎖骨附近。

至少我決定不再移開目光，抬起頭來，但那個上班族留下一個比我更大的咂嘴聲後就離開了。我在心裡不停地默念著真是火大，真想殺了他，去死吧，但是在走進公寓之前，還是忍不住回頭確認剛才那個男人有沒有往這邊看。那個男人早就走遠了。我不想讓自己的住處曝光，所以應該這麼做，但想到自己非這麼做不可，還是覺得心煩意亂。如果我是男人的話……如果我是個身材高大、面容兇悍的男人，應該一輩子都不會有這種回家還要留意身後狀況的經驗吧。

我和大地兩個人一起走在街上時，就不會發生這種事情。對方不會撞過來，我也不會發生差點撞到人的情況。就像有一層防護罩，身材高大的男人與生俱來的防護罩。他們應該知道，人與人相撞的時候會痛吧。

在打開房間的燈之前，我先拉上窗簾。房間變得一片漆黑。深吸一口氣，回到門口，打開電燈。洗完手並漱口後，我坐在沙發上打開了Twitter。畫面顯示剛才看到的，有關大地和我婚事的對話內容。

「我昨天看到了！大地老師和他的女朋友。他們牽著手」

我沒有觸碰畫面，只是一直盯著。過了一段時間，螢幕的光亮突然熄滅了。昨天因為工作沒有做完，我待在辦公室加班到超過半夜十二點。我想起之前看到的「女友很漂亮，頭髮長長的，長得像女主播」的留言，我便摸了摸自己齊肩的髮尾。原來，大地也是那種人啊，那我也不知道該怎麼辦了啦。我用小時候一直在說的方言罵了髒話，但仍然感到手足無措。

通勤電車依然擠滿了人。我說大地啊，我搭電車時戴口罩，不是為了預防傳染病，而是因為我覺得人類很髒，不想直接接觸那些從人類的嘴巴和鼻子進出的空氣喔。我覺得那些不戴口罩還擠在電車裡的人，一定有病；那些走路不看路的人，我也希望他們受重傷痛苦地死掉。雖然我覺得你打算和擁有這些念頭的人結婚真的很奇怪，但如果你不是認真的，那就不奇怪了。果然，大地是真男人，既正直又正確。

當我在電車裡屏息忍耐時，腦海中充滿攻擊性的語言。嘴裡有牙膏的味道，我想起吉岡同學。我覺得自己沒問題，都能去撞人了。思考後，還是覺得這不對吧。不對，但又沒錯。

以六月的天氣來說，今天算冷的，我後悔出門時穿得太單薄。在抵達車站前，我才發現自己忘記戴口罩，忍不住嘆了口氣。空氣冷到可以感受到鼻息的溫暖，薄薄的針織衫擋不住風，手臂冷得縮了起來。手臂上已經沒有與吉岡同學碰撞時的傷痕了，只留下像紅線一樣的痕跡。

電車裡不冷也不熱，體感算是「溫暖」，但我不想這麼認為。在擁擠的車廂內，人們被擠得密不透風。隔壁的人也穿得很單薄，可以清楚感受到他們骨頭上的肉。把這種觸感用溫暖這樣帶有感情的方式稱呼，實在噁心。

搭上電車大約五分鐘後，我覺得很不妙。溼熱的空氣源源不斷地從鼻子進入，腦海裡浮現出朦朧的雲。我想要一個口罩。

他應該也從來沒有貧血過吧，我想起大地那魁梧強壯的身影。貧血的話，會從頭、手、腳等離心臟遠的地方開始感覺到寒冷喔。天氣變冷的時候，會覺得既沉重又抑鬱，非常難受。身體無法動彈，但仍勉強能思考，這一點令人痛苦。啊，糟糕，糟了糟了糟了，怎麼辦，站不住，動不了，大家都在看，好丟臉……等一下，我都這麼難受了還得覺得丟臉啊，實在太痛苦了，我受不了，真的不行了。像是有個聲音在腦海裡不停地迴盪，而且那不像是自己的聲音。

喀噠，電車搖晃著停了下來，人群蜂擁而出。我被人潮搖晃到失去平衡，結果就這樣癱坐在地上。擁擠的人群像是看到麻煩似的避開我，我的周圍都是別人的腿，接著有聲音傳來。

「有人倒下了。」

「真的假的。」

「一個女的。」

「太慘了吧。」

我本來想說「我沒事」，卻變成了「我沒……」聲音嘶啞，毫無說服力。

「叫站務員過來吧。」

「還是把她送到月臺比較好吧。」

「啊，那麼我來幫忙吧。」

我感覺到自己被陌生人的手臂抬起，對方的雙手像是在搬運從亞馬遜網站寄來的大紙箱一樣，把我搬到月臺上。我只能順從，但很想說，別管我。我很累，拜託別管我。

我被送到月臺上。吐出一口氣的電車，留下我和那個送我到月臺的男人開走了。我前傾身體坐在地上，雙肘著地，以一個半吊子的下跪姿勢停在那裡。這個姿勢是最輕鬆的。雖然腳踝感覺冰冷，但我沒有力氣抬起腿，只能保持原樣。

「妳還好嗎？」

把我像搬紙箱那樣搬出車廂的男人，蹲在旁邊這樣說。我努力讓喉嚨振動，回答「還好」，沒有力氣點頭。我不知道哪裡「還好」。不知道是誰幫忙，站務員馬上就來了。後來他們拿來擔架，把我帶到醫務室。幫我移動的那個男人不知何時消失了，後來才發現沒好好道謝，讓我覺得很慚愧。在醫務室的床上躺了一小時後，感覺好多了。

您看起來是貧血，為防萬一還是去醫療機構診斷一下比較好喔。我向一臉擔心的站務員道謝，然後聯絡公司說今天要回家休息。接電話的桐谷先生溫柔地安慰我說不用擔心工作，好好休息。我反覆想著，為什麼我會討厭這個人，但討厭就是討厭，只能用無法順利運轉的大腦不斷思考這個問題。

過了通勤尖峰時段後，接近中午時，電車車廂很空曠。我已經不知道多久沒在電車上坐下來了，臀部下方的觸感很柔軟。幸好是倒在電車和車站裡，幸好是早上，幸好是在人多的時候。如果是晚上一個人在路邊，可能會很危險。想起剛剛把我從電車送到月臺的男人，他手臂的觸感。他應該是三十多歲的人吧，我知道他完全是出於善意才這麼做。儘管如此，他碰到我大腿的手還是讓我覺得很不舒服。我總覺得這樣想是不對的。如果不應該這麼想，那麼已經這麼想的情緒，到底該安放在何處呢？其實，我根本就不想去思考「如果晚上獨自一人的話可能會很危險」這種情況。

我腦海中突然浮現的是夜裡獨坐在路邊的老爺爺。那個人直到我開口叫他之前，都沒有人伸出援手，好幾個人都只是匆匆經過。如果我在相同的地方，一臉痛苦地癱坐在地上，會有人幫助我嗎？還是會被攻擊呢？只會是這兩種情況之一。

真是的。哐噹，電車搖晃了一下。坐著的時候，更能清楚感受到搖晃。

每天搭電車時，總覺得車上的人都很令人討厭，甚至想著如果這些人現在全都死掉，我一點也不會難過，反而會覺得高興。但當我倒下的時候，還是有人來幫我。把我送到月臺的男人；雖然不知道是男是女，去剪票口幫我叫站務員的人；還有那些讓出一條路的人們，都不再是匿名的人了。抵達離家最近的車站，我有點驚訝竟然這麼快就到了。坐在不擁擠的電車上，感覺像只用了平時一半的時間就到家。

我突然想到，用LINE傳訊息給望海。「我貧血在電車上暈倒，結果被帥哥公主抱到月臺」，訊息馬上就顯示已讀。但是，望海沒有任何回應。畢竟身體不舒服，可不是能拿來開玩笑的。我關掉望海的對話框，用LINE傳訊息給圭小姐。「我因為貧血在電車上昏倒了。周圍的人救了我。我覺得東京人很冷漠是騙人的，現在深深體會人們的善良（笑）」，不知道是不是正值午休時間，她剛好手機開著，我馬上就收到回音了。「咦，妳還好嗎？我很擔心。今天能休息嗎？回家睡一覺比較好喔！」，她這樣回。「我請假回家睡覺了！抱歉讓妳擔心了」，我一邊傳一邊感到後悔。為什麼我要連圭小姐都聯絡呢？明明是想要她擔心我，實際上她也真的傳了很擔心我的訊息來，我又覺得她根本不擔心我，只是覺得看到這種訊息就只能回我很擔心，因此覺得很失落。我傳送的LINE很快就顯示已讀。我很怕她沒有回訊息，所以傳了一個兔子說晚安而且正在睡覺的貼圖。圭小姐回了一個正在哭的兔子貼圖給我，就這樣結束了。

我在車站前的便利商店買了飯糰當作午餐。抵達公寓，搭電梯上五樓。進屋之後關上門，伸手去按電燈的開關，但又馬上把燈關掉了。現在不開燈，室內也很明亮。窗戶透進陽光。

平日中午的房間感覺好怪。最近放假都在大地家，所以在天還亮的時間一個人待在房間裡，本身就很怪。身體和整個人感覺都在準備結婚。我躺在床上，伸手去拿手機。

吉岡同學引用了網路新聞的報導。

「六月二十七日早上八點二十分左右，在ＪＲ西日暮里車站月臺，有一名男性刻意衝撞女子，導致女子受傷，以現行犯遭到逮捕。女子從月臺墜落，手指骨折，需要四週才能痊癒。傷人的男性供稱『對邊走邊看手機的行為感到不爽，所以想撞對方』。」吉岡同學評論：「我實在不知道為什麼男人要因此被逮捕。」

我按了愛心。按愛心數只有一個，吉岡同學的朋友都很安靜，完全沒有人按。明明就說得很好啊，明明就說得非常好。我覺得這就像國中生對世界上的一切都能很輕易說出「去死」這種話一樣，但面對提到會出大事的東西，就絕口不提。我自己國中的時候也是這樣。因此，當我發現大人說我們就是「不經大腦就說去死的小鬼」時，覺得很火大。

朋友都沒有人回應，但吉岡同學還是自己一直發文。

「如果邊走邊看手機的是那個女人，被撞到的是那個男人，那受傷的可能就是那個男人了。這次只是碰巧從月臺墜落的是那個女人而已」、「況且，在早上人潮洶湧的車站，沒有抬頭看路本身就很奇怪。這次碰巧是她自己受傷，之前都是她害別人受傷吧」，接著又發了「如果這樣就要被逮捕，那就連我也一起抓好了」。

我把這些發文每則都按愛心，像用手指確認吉岡同學那些不會被別人收回的發文。這才是像樣的發文嘛。不是和同學閒聊的工具，而是叨絮絮。

「我也這麼認為。」

答答答，我用手指頭敲出這些文字，然後傳給吉岡同學。明明是要傳給吉岡同學看的訊息，卻因為Twitter而公開給全世界看了。我根本沒寫「這麼認為」的「這麼」是指什麼意思，但吉岡同學馬上就回我「對吧——」。心跳的速度維持穩定。沒有主詞也能理解的對話。我暫時關掉畫面，思考要回什麼。最後決定什麼都不回，只按愛心就好。打開Twitter後出現「吉岡的體重已經封鎖您，因此無法顯示貼文」的畫面。我深深吸一口氣，然後用鼻子吐氣，但沒發出聲音。真是討人厭的孩子。

我把整個人連同手指都埋在棉被裡，伸直身體閉上眼睛。果然是暫時貧血，現在已經不難受了。要不要去大地家呢？與其說這是思考，不如說是一種習慣。女主播，腦海裡浮現這個單字，心裡覺得很迷茫。伸手去拿放在枕頭邊的手機，望海沒有回訊息。明明沒有想吐的感覺，但是總覺得我要吐出來了。「我貧血所以先回家了，現在已經好了，今天可以去你家做飯嗎？」，我傳LINE給大地，然後再度閉上眼睛。休息一下再去吧，趁電車開始擁擠的下班之前去，到超市買一些食材，做點什麼吧。要做什麼菜呢？大嬸不知道在不在收銀臺。在想著這些事情的時候慢慢睡著了。

明明是平日，大地還是來家裡看我。我一路睡到晚上，大地傳LINE的訊息過來說「我現在就過去看妳！」，聽到訊息聲我才醒來。我沒有卸妝倒頭就睡，所以臉上浮著一層油。我起來洗臉刷牙，再度縮回棉被裡的時候，大地帶著寶礦力和退熱貼過來了。看時鐘，現在才晚上七點。他平時明明經常晚上十一點或是過十二點才聯絡我「到家了」，原來想回家的話也是可以早回家的嘛。我心中同時出現冷漠和開心的心情，這兩種心情都讓我感到沉重。我用力擠出笑容，甩開這兩種情緒。

我一邊把他帶來的寶礦力倒進杯子裡。

「我又不是感冒，怎麼會帶寶礦力？」

一邊笑著這樣說，他就把退熱貼貼在我額頭上，也不管我有沒有發燒。我說我已經沒事了，就到廚房去幫大地做親子丼。

「我本來只是想過來看看妳就回去的。」

迅速吃完親子丼的大地，一邊看電視一邊打盹。

「我可以住這裡嗎？早上再回家一趟，然後去上班。」

因為他說早上七點半一定要到學校，所以我們決定五點半起床，不到晚上十點就熄燈了。

「直子妳早上跟往常一樣的時間起床就好，我會悄悄離開的。」

「沒關係，我今天請假，所以明天也要早點去上班，我有工作要處理。」

我閉上眼睛靠過去，大地的呼吸聲馬上就切換成睡眠的節奏。吐氣和吸氣的聲音。我配合這個節奏慢慢離開，小心不要吵醒大地，伸手去拿大地放在枕頭邊的手機。找到大地埋在棉被裡的手，用指紋解鎖手機。

真是令人驚訝，我冷靜面對自己的反應。我很驚訝，驚訝到喉嚨緊縮無法發出聲音的程度，如果用手滑過心的表面，應該到處都是疙瘩吧。而且，我對於自己原來很受傷這件事也感到很震驚。我的內心實在太柔軟了。用爪子去抓傷口，就像撕掉指甲上掀起來的死皮一樣。扯開傷口看看裡面有什麼。看吧，我心裡明明就覺得喜歡我的大地根本就是個笨蛋。好不容易證明大地不是笨蛋，我卻那麼震驚又受傷。太矬了。好難受。煩死了。

「你不用跟女朋友分手。我沒關係。」

約莫兩個月前，收到這樣的LINE訊息，紀錄顯示大地有撥電話過去。隔天，對方傳來完全不同內容的訊息，「你上次說的外國影集，很好看耶——」。那部外國影集，大地也有推薦我看。我全都看完了。

我用左手沿著脖子覆蓋喉嚨。喉嚨硬骨突出的部分，在手掌裡變熱緊縮。

這個會走路的臭鮑魚。

腦海裡突然浮現這些話。等等，不對啊。這不是我會說的話，也不是我會想的事。只是在網路上的某個角落撿到、在某處看到的話。我只是剛好想到而已，並不是發自內心的。雖然試圖對自己說明，但突然蹦出來的這一句話，實在是深得我心。

我打開大地手機裡的照片集，略過食物和學校的照片慢慢找。照片裡有黃金週在牧場吃冰淇淋的我，在那之前，有那個女人的照片。地點在餐廳，桌上還沒有任何食物。只是女人坐在位子上笑著看過來的照片。我看了一段時間。女主播，確實有像。我記住她的長相，回到LINE的畫面。

「我們學校的參觀日是星期天喔」，看到這樣的對話，可以猜到對方應該也是老師，但應該不是同一間學校的吧。我在手帳中寫下女人的名字。只要搜尋一下，馬上就能知道是哪一所學校了吧。我現在不想找，不過我不確定之後會不會想找，所以我先做個筆記。

兩人一大早或深夜都會聊天，從一些無關緊要的事到教師之間嚴肅的話題都有。每天工作到很晚的大地，早上七點半上班的大地，星期六也會去學校的大地。我覺得一直等他的自己好悲慘，身陷在哪裡聽過的混亂之中也很悲慘。如果曾經在哪裡聽過這種事情，那就表示這種情形很常發生也說不定，也就是說，很常、經常會有像我一樣的人出現，真的令人難以接受。

果然，不值得。我希望能讓一切值得，想要讓一切變得恰到好處。我突然覺得，自己又被插隊了。在電車的月臺上按順序排隊，但理所當然地被插隊。很多人一起排隊的時候就不會被插隊，通常都是我一個人排隊的時候被插隊，被大叔插隊。就像在說年輕女生根本都沒在排隊一樣，或者是覺得自己沒有先進車廂很奇怪，排在女人後面根本就是一種損失。

我覺得頭好重，所以把手放在額頭上。微溫又柔軟的觸感，我才想到頭上貼著退熱貼。這是大地買給我的。溫柔，這是他的溫柔。雖然他做了很過分的事，但同時也可以很溫柔。我其實也一直都是這樣。雖然討厭某個人，卻能自然地對這個人很溫柔。腦海中浮現好多次，媽媽紅腫的手臂。只要結婚，人與人之間就不會輕易因為這些小事而分開。

大地在打呼。大學時期他還不會打呼，年紀大了。我們雖然還年輕，但的確是變老了。我有時候會覺得非常孤獨，無論大地在不在身邊，我都一樣孤獨。然而，我現在的孤獨很不對勁。只有自己處於絕境的時候才會感傷，實在太狡猾了。

我拔掉大地手機的充電器，把手機放在客廳的桌上。我突然靈光一閃，把自己的手機也放在旁邊。桌上有兩支手機。

早晨來臨之前，我不斷重複睡睡醒醒。五點三十分，裝有遮光窗簾的房間裡還很暗，大地設定的手機鬧鐘響起。大地閉著眼睛在平時放手機的枕邊摸索，一直找不到只好起床，發現在桌上響著的鬧鐘。他咦了一聲，然後懶洋洋地離開床站起來。我把手機放在這裡了嗎？他歪著頭關掉鬧鐘，看著我放在旁邊的手機。因為這樣，他便知道是我把手機放在桌上的。他一邊思考我為什麼要刻意這麼做，明明已經察覺，卻一直拖拖拉拉，大腦開始列舉其他可能性，但同時又想小便，所以身體移動到廁所。廁所傳來沖水聲。他回到客廳，傳來用杯子裝自來水喝的聲音。

我在被窩裡閉著眼睛，觀察他的動向。等一下大地應該會嘆氣吧。打開自己的手機回顧裡面的照片和訊息，應該會想像我看到這些東西時的心情吧。然後他再次嘆氣，當整個客廳充滿大地的嘆息聲時，我起床了。

「早安。」

大地看著我的臉。啊，這是第一次，我第一次看到大地膽怯的眼神。這個人是第一次傷害別人。

想到這裡眼淚瞬間湧上，所以我急忙把臉轉向大地。這些眼淚就是你傷害別人的證明。我覺得眼淚應該很快就會沒了，所以拚命擠。你看，我在哭，我很受傷。我故意哭給他看，為了讓大地接下來無論回想幾次都會覺得痛，深深劃一道傷痕，無論過幾年都會刺痛的傷痕。

我命令眼淚不准停下，但還是很快就止住了。我用衛生紙擦了擦臉，一張就擦完了。我到洗手臺照鏡子，眼睛紅紅的，洗了洗臉。

我不是因為哭才洗臉，而是每天早上的例行公事。洗完臉再度看向鏡子，眼睛的紅腫好多了。我心想，原來就是這樣而已啊。刷完牙之後，把洗手臺讓給大地。換衣服、化妝，再度回到洗手臺用電捲棒和吹風機整理頭髮。

和大地一起離開家，現在才六點。都已經六月底了，竟然還有點微涼，還好沒有下雨。走在路上的人我幾乎都沒見過，東京這種地方，只要生活時間稍微改變，見到的人就會完全不同。

「那個，我並不想分手喔。」

大地這樣說。我不想分手喔，我思考這句話的意思之後感到疑惑。我之前不認為他是這種狡猾的人，所以現在反而對他刮目相看。

「你是因為覺得浪費嗎？」

「浪費？」

「跟大家說要結婚的對象是從學生時代就交往到現在的人，能建立好形象。我們之間有很多共通的朋友，而且關係良好，你父母也很喜歡我。再來就是單純交往很久，都讓你覺得放棄很浪費。」

大地明顯露出很受傷的表情。

「我現在沒有在想那些事喔。」

他靜靜地這樣說。這樣啊，我果然還是搞不懂呢。我這麼想，但沒有說出口，大地也跟著沉默。

身後傳來大笑聲，回頭看到一對看起來像是大學生的情侶正在打鬧，一大早就用幾乎是大喊的音量大笑聊天。吵死了，希望你們跌倒，我就這樣單純地詛咒他們。我自己也有這種時期嗎？交通號誌亮起紅燈，我們停了下來。那對情侶沒有停下腳步，小跑步過了馬路。糟了，紅燈紅燈紅燈，他們像在求助似的一邊大聲喊一邊走遠。

從主幹道還要再更裡面一條街的這條路，交通量沒有那麼大，現在也沒有車經過，但大地絕對會遵守號誌。雖然大地說是因為不知道學生或家長會出現在哪裡，但我想就算是在國外旅行，沒有人認識他，他也還是會遵守號誌。我沒親眼見過，但我知道他會這麼做。就跟交通號誌一樣，我一直認為大地不是那種會劈腿的人。應該是說，我現在也這麼認為。他不是那種會為了玩玩一夜情而計畫性去找女人的人，因此，他應該是喜歡對方的吧，他應該是喜歡上照片上的女人了吧。你這個白痴智障，我腦中又浮現難聽的話。如果我說這不像是我會說的話，那就是騙人的。我腦袋裡其實經常充滿汙言穢語，白痴智障臭鮑魚，爛雞雞去死。電線杆下方，植栽之間有嘔吐的痕跡。地上還有亂丟的扁啤酒罐。吸收了泥巴水，緊貼在水泥上的手帕沒有人去撿。在這種地方，要怎麼想出有禮貌的詞彙呢。

終於聽不到吵死人的情侶說話聲，只是遠遠還能看到他們的背影。我們經過上次老爺爺癱坐在地上的位置，就在鐵門緊閉的不動產門市前。老舊的水泥地坑坑洞洞，從中長出一些雜草。這裡明明是東京耶，我忍不住火大。這種令人感到懷舊與懷念的大自然，東京竟然也有，真令人火大。我用腳踢雜草，但雜草只是往左右分開，腳一離開就恢復原樣。這次我從上面往下踩，像是在摩擦水泥地那樣猛踩，深綠色的汁液弄髒水泥地。在這裡坐一個晚上看看好了。雖然我遞了水給老爺爺，但我自己身上總是會發生被人從上面踩踏的事。

大地一臉驚訝地看著我的腳邊，他或許是覺得我對他感到不滿吧。

「不是喔。」

我只說了這句話，一邊確認鞋底的觸感一邊邁開步伐。

抵達車站。大地回頭看我，我什麼都沒說就越過大地，過了剪票口，大地馬上從後面追上。六點左右的月臺，比平時八點多的月臺空曠多了。即便如此，人還是很多。

我和大地搭電車的方向相反，看電子顯示板，我要搭的車應該會先來。離開從樓梯上來的地方，我打算走到月臺正中央，大地從後面跟上來。即便是這種時候，我們也絕對不會請假。這不是需要請假好好談的事情嗎？是說，現在是工作的時候嗎？我雖然這麼想，但大地一定覺得這和工作無關。沒過多久，電車就來了，月臺傳來女性的廣播聲。

我的身體突然動了一下，不對，我沒有動。無論之後誰說什麼，我都這麼認為。我只是沒有動，沒有閃開而已，所以才會撞上。

那是個三十歲左右的男人，身高和大地差不多，體格很結實，即便穿著西裝也能看得出來。男人以既不陰沉也不開朗的表情，右手拿著手機，眼睛盯著螢幕，和抬頭走路的其他人一樣用相同速度毫無阻礙地大步前進。他一定沒有遇過不讓他路的人，他說不定甚至都不知道別人有在讓路。我忘記走在我斜後方的大地，下定決心不躲開，就這樣邁出一步，雖然不是刻意這麼做，但邁出步伐的時候輕得連腳步聲都沒有。

筆直走過去。相撞的瞬間，站在男人後方一段距離的女高中生和我四目相接，她的視線就像喀嚓一聲拍下了照片一樣。

「好痛。」

發出聲音的人是我。

我本來是想大叫的，但是聲音好像沒那麼大。男人反射性地伸出手臂，所以他手上的手機刺中我的胸口和腹部。我痛得瞬間清醒過來，腦中的某個角落冷靜地思考，在撞擊前一秒，發現眼前有人的男子，可能是想說反正都要撞上就讓對方痛死好了才會做這種動作。只要推說是反射動作，就能減少罪惡感，還讓對方吃痛。我也期待男子的手臂會因為撞擊而疼痛，所以用全身的力量反推男子的手臂，然後往前彎腰保護自己的身體。

被我推開的男子往後退了一步，睜大眼睛。失去平衡的腳被絆到，身體往左傾斜，右手臂像是在指引身體的方向般往上伸展。拿著手機的右手大幅度往上舉，男子的視線彷彿被螢幕吸引似的也向上看。男子的身體搖晃了一下。

嗡——警示音撕裂空氣。

身體失去平衡的男子，撞到及腰高度的月臺閘門，超出閘門的上半身，碰到疾馳而來的電車。沉重的撞擊聲。同時從男子高舉的右手中，手機被凌空拋起，撞到電車又快速彈了回來。手機往這裡飛過來，所以我不禁閉上眼睛，全身僵硬。接著，身後傳來模糊的嗓音。當我驚訝地回過頭時，大地雙手按著脖子。咦？在我發出疑問聲的時候，大地緩緩蹲下，癱坐在地上，腳邊是男子直擊大地的手機，還有大地自己通勤用的包包。

大地按著脖子低頭往下看，正在用低沉的聲音說些什麼。人群的聲音越來越嘈雜，站務員跑了過來。在離大地稍遠的地方，上班族也蹲在地上。明明都已經是這個時候了，我心裡第一個莫名其妙的念頭竟然是，還活著不就好了。

我蹲在大地身邊，看著大地按著脖子的手，看樣子沒有流血。大地發出喘息聲大口呼吸，低著頭沒有看我。我把手放在大地的背上。

我想起小時候玩的瑪利歐賽車遊戲。不是競賽模式，而是對戰模式的小遊戲。車上會有三顆氣球，玩家要互相戳破氣球，三個氣球都破掉的話就輸了。那是一個可以設置香蕉皮陷阱讓對手跌倒，或者用龜殼丟人，戳破彼此氣球的遊戲。玩家分別擁有紅色或藍色等不同顏色的氣球，基本上是一個互戳氣球的遊戲，但是用蘑菇加速衝撞的時候，對方的氣球就會跑到自己的車上，噗呦地搖晃一下。自己的三顆紅色氣球，再加上從對方奪來的藍色氣球，本來預計只會有三顆氣球的車上，四顆氣球全都變扁擠在一起搖晃，反之亦然。我的氣球被奪走，在敵人的車上搖晃。那明明原本是我的氣球，卻被奪走了。為了救回我的氣球，朝對方投擲龜殼，原本屬於我的氣球就破掉了，而應該要破掉的三顆敵方藍色氣球毫髮無傷。

遠遠聽到救護車的聲音，過一會兒就有拿著擔架進來的急救人員。

這裡，明明是我舉高手，但先被抬上擔架的不是大地，而是那個上班族。我們這邊也很慘啊。我再度出聲，在話還沒說完的時候，第二個擔架就抬進來，大地也順利上擔架。被問到名字，正在回答。

我打算跟著抬大地的擔架走，結果被叫住了。不知道什麼時候，警察站在我身邊。警察問我能不能說明一下當時的狀況，我說同行的人受傷，我想跟著一起去醫院。視線回到擔架上，雖然躺著，但大地的手依然按著脖子，眼神和我沒有交集。

「剛才抬出去的男人說，他是被撞的。」

那不是任何人的聲音。明明沒有很大聲，那個聲音卻像是迴避了周遭的所有聲音似的，直達我耳裡。

「我看到的也是這樣，應該是那個女人撞上去的。」

我順著聲音去看發聲的源頭，剛才對到眼的女高中生站在那裡。那孩子筆直的眼神望向我，而不是警察。收到她視線的引導，很多人都把目光轉向我這裡。朝聲音方向點點頭的警察對我說：「總之能不能請您先描述一下剛才的狀況？」

大地低頭坐在擔架上文風不動。有別於警察和我的談話，急救人員正在商量，與其用擔架抬，是不是讓患者自己走還比較安全。大地看起來是在聽急救隊員的對話，而不是我這裡的詢問。為什麼每次都是我。明明我都有看著前面走，明明我都有抬頭聽別人說話，明明手機都收在包包裡，明明大家都說我是好孩子，明明露出笑臉就會覺得安心。我被傷害、被限制、被剝奪、被削弱、被稀釋的部分，我想要其他人也嘗嘗。因為這實在太奇怪了，實在太不公平了。

我明明這麼想，但是說出口的卻是微弱的對不起。到底為什麼會這樣呢，我又陷入沉思。雖然有想法，但是沒有擠出任何字。

真的很抱歉，對不起，我看著其他地方想事情發呆，但我不是故意的，只是沒有讓路而已，等我想閃避的時候對方的手機撞到我，怎麼辦對方的傷勢、我好擔心、我、真的、真的——

我垂下眉毛，咬著下唇，讓眼睛充滿淚水，表現得一副真的在反省而且感到後悔的樣子了。我壞掉了嗎？接下來會繼續壞掉嗎？我突然想起葬在公園植栽下的魚。你啊，真是太好了耶，被夭在大地的公寓前面。哈哈，我發出沙啞的笑聲，又趕快吸一口氣止住聲音，然後回到對不起的循環。「哈哈個屁啊」，我這麼想。是我自己想的，還是某個人對我說的呢？

只不過是因為沒有讓路，就釀成這種大禍，怪異到讓我想笑。只有看著前面走路的人應該讓路嗎？有在看、知道會撞到、能讓路的人就必須這麼做嗎？吉岡同學對不起耶。我在腦海裡向他道歉。在路上相撞那天，吉岡同學的表情。你應該知道，我是故意沒讓路的吧。不過，你應該不知道為什麼會發生這種事吧。明知被撞會很痛，你一定不敢相信會有行人冒著自己受傷的風險衝撞腳踏車吧。不過，我早就已經受傷了。

受了很多傷，所以多一道傷口，根本就無所謂。

對不起，真的很對不起。我明明用語言好好表達了很多歉意，但周圍的人眼神依然冰冷。他們的眼神像在說，這點程度的道歉一點也不夠啊。我聽到手機拍照的快門聲。我想，既然如此就哭一下好了，眼淚這種東西，擠一下馬上就有了。我或許是明知自己已經從最容易讓步的部分被開始榨取，內心也感到憤怒，但最後還是迎合大家的想法。我依序環視周遭的人一圈，感覺到眼球的深處湧現淚水的熱量。

這麼做划算嗎？這種程度剛剛好嗎？在被撞之前去撞人，讓即將不在身邊的大地留下難以忘懷的傷痕。那個，弄丟的年末聚餐費用。我希望偷錢的人能繼續在我們公司工作，希望他以後也繼續工作下去。

在警察的要求下，我前往警察局。平時老是被插隊、眼睛盯著手機決不讓路，肩膀撞到人也一臉沒事繼續走的人，現在都停下腳步抬起頭，為我讓出一條路。人臉、人臉、人臉大道。總覺得這些面孔當中，有吉岡同學、收銀臺的大嬸、桐谷先生，所以我刻意尋找。大家明明都往我這裡看，但只要我一回望，對方就會移開視線。

我在警局狹長的房間裡坐了四個小時，警察突然說「您可以走了」。抬起頭，一位看上去約和父親同齡、有著一頭灰髮的警察低頭俯視我。

「調閱車站監視器，發現的確是男子邊走邊看手機，您只是沒有讓開，並沒有用身體衝撞對方的行為。至少，監視器的畫面看不出來，這是我們警方的判斷。」

最後加上那一句「這是我們警方的判斷」，包含著「我個人不認同就是了」的語意。他明明說我可以走了，但當我站起來時，那位警察的眼神變得銳利。

「我個人是覺得啊，比起監視器拍到的，人眼所見更值得信任。影片不一定就能當作證據。即使您實際上沒有動，也不見得就是真意。我個人是這樣認為，不過，嗯，也沒辦法。」

請往這裡走，我順著警察的指引離開。身體很疲累，只是走幾步路而已就好累。我知道那是因為我心累。快要打哈欠了，我從口鼻的深處用力忍住。本來應該化為哈欠排出體外的空氣，到喉嚨就被壓住了。

走在日光燈照得明亮的走廊上，那位警察這樣說：

「雖然您不是刻意撞他，但是應該知道不躲開的話可能會受傷吧。那您為什麼不躲開呢？」

他問我為什麼。

「我太累了。」

我不禁這樣回答。我太累了。真的太累了。

啊？警察嘆了一大口氣。

「如果您這麼累，要不要找人來接您？」

走到走廊盡頭的時候，他這樣問我。走上樓梯之後，就到警局外了。我幾乎想都沒想就說「不用」，就這樣離開警局。外頭的空氣溫溫的。才不會有人來接我。腦海中一一浮現大地、望海、圭小姐、父母的臉，但是又馬上沉到深處消失不見。臨別之前，那位警察用嚴厲的聲音說，我們應該會再跟您聯絡。

我是被警車載來的，所以並不知道自己目前確切的位置。用地圖的應用程式確認所在地，看樣子距離最近的車站要走十五分鐘。查詢警方告知的醫院名稱，車程需要十分鐘。要去看大地嗎？還是不要去比較好呢？我一邊想一邊先朝車站出發。太陽剛好在頭頂上。

如果把今天發生的事情告訴望海，她會不會笑呢？在車站撞到一個大叔，結果對方受傷，連救護車都來了。雖然不知道怎麼回事，但是我被警察帶走，最後調閱監視器發現是對方有錯，就被釋放啦——妳說是不是很慘？如果我這樣說的話……腦海浮現經常和望海一起去的居酒屋餐桌。醬油瓶瓶口的髒汙和油膩膩的菜單，異常鮮明地在腦中閃爍。

圭小姐，我在車站撞到人了，害那個人受傷，還因此上了警局。但是已經證實是對方邊走邊看手機，反而是我被撞到才對，所以現在沒事了。不過，我覺得是因為當時我也在發呆才會相撞。對了，其實前不久我發現大地劈腿，實在太難過了，所以才會恍神……我馬上就能想像圭小姐眼中含淚的樣子。好可憐，他太過分了。我想圭小姐應該會真心為我哭泣，但是那對我一點幫助也沒有。不過，無論是望海笑還是圭小姐哭，只要看到她們為我產生情緒上的波動，我一定會鬆一口氣。

要怎麼跟大地說呢。「調閱監視器之後，發現我果然沒錯」嗎？我想起警察說，比起攝影機拍到的，我更相信人眼看到的。大地應該也是這樣吧。既然如此，那就算了。只要相信大地眼中看見的我就好了。他只要告訴我，「有錯的人是妳」就好了。我就算做壞事，也會聲稱自己沒有錯，畢竟我只是想要公平而已。不是要評斷對錯，我只想要做自己該做的部分，我不想擔負所有的責任。雖然不想，但心裡還是有一部分覺得自己有錯，只是無法對任何人說出口。如果我承認自己有錯，那就表示我此生都必須接受不公平。那就表示抬頭看著前面走路的人、先發現路況的人，這輩子都必須持續為別人讓路。我願意這樣做啊，大地一定會這麼說。你大概會這麼做吧，大地。大地一定會這麼做，因為他知道，不讓出直線，就無法筆直地往前走。

我想拿出手帳，但要寫的事項實在太多了，我想還是回家寫好了。突然，想起夾在手帳裡那張超市的「顧客問卷」。我可能不會再去那間超市了，錯過了投遞問卷的時機。乾脆現在去好了？反正現在要去哪裡都可以。當我準備查詢到大地家公寓附近車站的路徑，把手伸進皮包時，手機剛好傳來震動。是望海傳來的LINE訊息。

「昨天的貧血後來怎麼樣了？如果身體還是不舒服，我買點東西過去看妳——這次不喝酒！」

我盯著螢幕。後面的人越過停下腳步的我。

今天發生的事情，能單純描述，而不是當作下酒菜嗎？在拿掉彆腳的演技、拿掉好孩子的演技後，我有時候會想做好事，但有時候也會想做壞事，這些心情每天都在轉變，而我已經決定不再和任何人分享一切，可是……我知道自己的睫毛在抖動。我只能反覆建立和切斷與他人的關係，就這樣生存下去。

越靠近車站，人潮就越多。對面有一個盯著手機走過來的男人。我繼續筆直向前走，一邊在心裡默默祈禱。

供品

U先生很可怕。當A開始說這件事的時候，我心情很好。午間套餐的甜點是布丁，A用湯匙的前端挖布丁，皺著眉頭一臉嚴肅。在背後說同事壞話的時候，我們就會……該怎麼說呢，就是突然變得親近。U先生的年齡剛好介於我和A之間，工作俐落態度也不差，所以以前我們不曾在背後說他的壞話，但就能提供新話題的層面來說，我其實滿開心的。

「很可怕？他對妳做了什麼嗎？」

我一邊期待一邊用擔心的聲調問。到底是做了多過分的事情啊？

「他在桌上放鍵谷正造的公仔耶。」

這一點也不可怕啊。我傻眼地看著認真說這句話的A，等著她繼續說下去，但A好像想起自己手上有湯匙似的開始挖布丁，然後塞進嘴裡。我開始思考，該不會只有我把「在背後說同事壞話」當成測量是否親近的基準吧？這很可怕嗎？我疑惑地這樣說，A用力點頭回答，超可怕的啊。

為了紀念創業一百週年製作的鍵谷正造公仔，那是距今十五年前的事了。當時我是剛進公司的新人，看到各部門窗口上放的鍵谷正造公仔，只覺得這種事應該很正常，但現在想想，只會覺得品味差到令人苦笑，同時也看出企劃部的苦惱與迷茫，甚至是恐懼。那尊公仔採直立站姿，是個穿著藍色調西裝，黑髮柔順服貼，五官平凡的男人。鍵谷正造在八十幾歲的時候就過世了，但公仔的臉看起來像年齡不詳或者是中年男子。可能是在臨摹三十、四十、五十歲左右，正值壯年的鍵谷正造吧。

迎來創業一百零一年的時候，鍵谷正造公仔就被放逐到花瓶和月曆的陰影處積灰塵。後來漸漸一個一個被收起來，大家不忍丟掉創業者的公仔，只能繼續保存，但是上個月整理倉庫時又被挖出來，最後開始討論要不要丟掉的問題。都已經留了十五年也夠了吧，當時的管理職都已經不在了，在這樣的氣氛之下，提出「既然要丟掉，那我可以拿一個嗎？」的人就是U先生。

「把那個公仔放在桌上啊。那……還真是獨特的嗜好耶。」

「偏偏就放在靠我這邊的桌上，就在電話旁邊，真的很討厭。」

A一臉嫌棄地嘆了口氣。A和U先生的辦公桌左右相鄰。業務部有三座小島，各由八張橫擺的辦公桌組成，A和U先生在左邊的小島，跳過中間最右邊的小島就是我的座位。我們的座位離得遠，所以我沒有機會仔細看他們的辦公桌，聽到U先生拿了鍵谷正造的公仔時，我就覺得他很怪，直到現在都無法忘懷當時對他的看法。

「妳為什麼那麼嫌棄啊？雖然那個公仔稱不上可愛，但也沒有髒掉，其實還可以啊。」

彷彿要打斷我似的，A搖搖頭。

「因為會和我對到眼啊。」

因為她實在太認真了，我噗的一聲笑出來。A瞪著我，雖然我們是一起吃午餐的同伴，但是對前輩不應該用這種眼神吧。我覺得有點火大，為了強忍住表情，我伸手拿玻璃杯喝水。我希望她趕快吃完布丁。

「真的，會和我對到眼啦。鍵谷正造的公仔不是差不多這麼高嗎？」

A盡量撐開大拇指和中指給我看。

「因為下巴往上抬的角度，公仔的臉看起來剛好就像在仰望著我一樣。」

「不不，應該是妳想太多了吧。」

鍵谷正造的公仔，做工雖然不廉價，但畢竟是十五年前製造的東西，眼睛等部位只有點上黑點，再加上緊繃的臉頰線條，讓人看不出來公仔到底在看哪裡。就算盯著那個黑點看，也不會覺得對到眼。為了看起來像一張臉，還隨意畫了眼睛呢，大概就是這種感覺而已。

不是，真的很可怕啦，A用很可憐的聲音這樣說。

「之前K主任不是去北海道出差嗎？他送我們當地名產白色甘納豆。U先生說請再給他一包，所以他拿了兩包，一包自己吃掉，另一包拿去放在鍵谷正造公仔前。」

K主任在部門邊走邊發用三角袋包裝的白色甘納豆，邊說跑去一個叫留邊蘂的地方，超遠的。不在位子上的人，名產就被放在辦公桌上。業務部的工作以出差為主，所以那天有一半的人不在座位上。雖然不是每次出差都會有禮物，但是只要主任去什麼罕見的地方或者是心血來潮，就會像這樣發名產。

「什麼意思？一包給自己，一包給鍵谷正造的公仔嗎？」

A點點頭。

「給鍵谷正造的供品。」

「供品……」

我雖然不是刻意跟著再說一遍，但這兩個字莫名莊嚴。

「給鍵谷正造的供品，他當天是不會吃的。U先生通常會當天就吃掉別人給的名產，或者是不留在辦公室帶回家，但只限於他自己那一份，供品都是隔天才吃。」

「所以U先生還是會吃兩份嘛。」

我忍不住笑出來，但A的表情還是很嚴肅。

「這不是很恐怖嗎？」

「與其說是恐怖，不如說厚臉皮或者有點卑鄙吧。」

唉，A刻意嘆氣給我看。一副妳一點也不懂耶的樣子，我知道我已經瞇起眼睛了，但A似乎一點也不在意，冷冷地繼續說「我說恐怖就是真的恐怖啦」。

我反射性地脫口說出「妳很吵耶」，她就苦笑著說「好啦好啦」帶過。我覺得自己被看扁了，也感覺到手臂上的寒毛直豎，定期除毛的手臂上，寒毛才長出來一點點，就算全都豎起來也只是個點，而不是一條線。在我開始想像這些寒毛正在準備飛出針織衫的時候，另一方面生理時鐘又告訴自己，差不多該回辦公室了。瞄了一眼手機，果然剛好就是平常該離開餐廳的時間。走吧，我這樣說，然後站起身來。A是小我很多歲的晚輩，但我們經常一起吃午餐，所以我不會請客。各自結完帳之後，走到店外。

聽完供品的事情之後，我就會刻意注意U先生的辦公桌。與其說是整理得很乾淨，不如說他桌上幾乎沒什麼東西。左邊有電話，正中間是筆電，右邊是貼有「未處理」、「待簽字」標籤的兩本檔案夾。在這樣簡潔的辦公桌上，電話左側最邊緣的鍵谷正造公仔，的確是很突兀的存在。

在鍵谷正造牙籤般細長的手臂伸手可達的距離內，放著A辦公桌的仙人掌，仙人掌的盆栽左側有三個橘色的軟膠公仔。A的辦公桌不算雜亂，但兩側都堆有十幾個文件夾，還有別人給的糖果、甜饅頭或巧克力等點心。三個軟膠公仔都是胖胖的兔子，眼睛大到不像話。比起鍵谷正造的公仔，兔子還比較容易對到眼。

每個人的辦公桌都不一樣呢。發現這一點，我覺得很有趣。趁同事都出去的時候，我開始巡視。課長的座位左右兩邊有抽屜，而且還有獨立的四層層架，所以辦公桌很寬敞，看起來沒有放置私人物品。左右都是堆積成山的文件，封面寫著半年前就已經完成的計畫名稱的厚重文件夾也堆在一起。R的辦公桌上用來裝飾的明信片，上面有一張女人的臉還有「母親節」的字樣，都是用紅色色鉛筆線條構成。T在辦公桌的一小角放男偶像的照片，與其說是一小角，不如說是夾在電腦和電話之間的縫隙，這樣每次接電話都會看到那個男偶像的照片。E主任的辦公桌上有個裝毬藻的小瓶子，N的辦公桌上則有一臺非常精巧的紅色跑車模型。

為什麼大家會這樣在自己的辦公桌上展現自己的個性呢？我越想

越覺得不可思議。小孩的畫、偶像、毬藻、汽車都只是構成那個人的一部分，但是我很少有機會能見到那個人不同的一面，所以光是這樣就能盡情想像並且沉浸其中。她應該很煩惱孩子的事情吧；她應該很愛追星吧；真是熱愛大自然耶；想必一定對車子如數家珍……如果什麼都沒放的話，可能會被人家說沒有任何興趣。

我一邊想著這些事情，一邊到處參觀別人的辦公桌，然後在外面開完會的U先生就回來了。剛好我正盯著U先生的辦公桌看，所以有點尷尬。我本來想假裝有事要到隔壁A的座位，但是手上沒有任何文件，看起來反而非常不自然。U先生一邊說辛苦了，一邊放好公事包。他一臉驚訝，我只好誠實地說「剛好在看鍵谷正造的公仔」，他才認同地點了點頭，接著他伸手指向鍵谷正造的公仔。

「不嫌棄的話，要不要祭拜一些供品？」

呃？我感到驚訝，U先生坐在椅子上，打開第三層抽屜。抽屜裡有很多零食，有像和菓子店賣的高級包裝甜饅頭，也有在超市常見的餅乾，還有各種糖果、軟糖、巧克力。

「好多甜食喔……」

猛然一看，好像沒有鹹口味的零食，所以不禁脫口而出。仙貝和米果也很不錯，可是裡面都沒有。

「啊，那是因為都被我吃掉了。拜完鍵谷正造之後，我會把供品吃掉，剛好供品都是甜食比較多，我看到有鹹的就會先吃。」

「原來如此，所以才會這樣。」

我認同地點點頭。抽屜被關起來，U先生坐在椅子上抬頭看我。

「不過，供品不管是甜的還是鹹的都沒關係，還妳想要供奉給鍵谷正造的就可以了。是說供品最好是小東西或者量少的，這樣也算是幫我的忙。要是鍵谷正造真的能把供品吃掉就太好了呢。」

他親切地笑著。

給鍵谷正造公仔拜供品的人，心願就能實現。那是在A說U先生很恐怖的兩個月後，A告訴我的。

「聽說是這樣。不過，僅限於小小的願望。」

A臉朝鏡子這樣說。我們透過鏡子瞬間視線交會，但A馬上就把注意力放在自己劉海的捲度上。今天午餐是部門的員工大家一起訂便當。據說是在電視節目專題採訪上出現，藝人休息室裡會出現的人氣排行榜前幾名，非常有名的漢堡排便當。大家一起在會議室裡面吃便當，我和A趁大家在餐後閒聊的時候離開，在廁所刷牙。

S沒有按照預定在假日上班，D負責自己原本就想去的沖繩差旅，F按照自己的期望成為附近區域的負責人……會實現的共通點在於都是一些小幸運，而且和工作有關。果然，創業者的力量還是有一定範圍吧。

我和A在聊這件事的時候，隔著三個洗手臺，一樣也在刷牙的T突然回頭看著我們。

「我之前也有去拜喔，祈求不要成為下個月幕張區的活動負責人。幕張區的活動規模很大，我們應該會有一半的人需要參加吧。不過，我拜了供品之後，就真的沒有被選到了。」

雖然這是不是因為有拜供品的緣故很難說，但拜供品的隔天，公司就公布下個月活動的工作分配表，比平常公布的日期還要早，所以他好像便斷定是供品的威力。

「其實也是看你怎麼想啦。幕張區活動期間的週日，我已經報名參加電視節目錄影的觀眾抽選。雖然抽籤抽中我的機率很低，但是如果我被抽到卻要去工作，一定心情很差啊。拜託別人代班也不是不行，不過理由如果是要去當節目的觀眾就很難開口……既然如此，最好一開始就不要負責這項工作。」

T一邊說一邊快速補好妝離開廁所。原本一直面帶笑容聽T說話的

A，突然說：「T還真是會插話耶。」我一方面覺得這個人還真是小心眼，一方面又覺得A會這樣在我面前說別人壞話，表示我們很親近，所以覺得很安心，兩種心情同時湧現。

「不過感覺很厲害耶，竟然這麼靈驗。」

我這樣說，A就輕蔑地笑了。

「妳真的覺得這是因為鍵谷正造的關係嗎？」

「這不是妳說的嗎？」

我也用輕蔑的語氣回嘴，說話的時候帶著一點鼻音。我覺得自己的聲音很奇怪，所以笑了出來。

「我想說的是U先生很恐怖。昨天和今天，U先生出差不在，所以供品就一直放在原處。有三個耶，不到三十個人的部門，竟然有三個人來放供品，不覺得很討厭嗎？」

的確算多，雖然我這麼想，但還是刻意歪頭表示疑惑。

「三個人的話也還好，反正，有人相信傳聞也不奇怪啊。」

當我格外冷靜地這樣說，A便嘆了口氣說「我們回去吧」，然後拿起化妝包。看樣子今天只有內勤工作，她穿著休閒的磚紅色裙子，背影看起來和以前很不一樣。A是三年前進公司的，她當時就像求職手冊封面會出現的人物一樣，旁分的劉海、在後腦勺綁成一束的黑髮，自然又仔細地淡妝，身上穿著求職用的制式套裝。為期三個月，由我負責新人教育，在完成入職教育之後的兩年，我們都負責同一個區域。今年春天，因為部門定期更換負責人，所以我們沒有繼續一起工作，座位也離得遠，但還是像這樣經常一起行動。

離開廁所來到走廊，剛好遇到B。B拿著長夾，所以我想她可能是正要去吃午餐。一和我對到眼，她馬上「啊」了一聲，然後露出笑容，我也跟著笑容滿面。我沒有刻意笑，而是露出反射性的笑容。

「好像很久沒見到妳。還好嗎？」

「我很好啊——上次去山內商店的時候，我們聊到妳。妳記得那個經理嗎？她說很想妳耶——」

「哇——好開心喔。是說，我們好久沒有一起吃飯了，下次一起吃飯吧。」

「當然好。」

「那我們再聯絡——」

B對我揮揮手，對站在一旁的A也露出笑容，然後走開了。

「剛才那位是行銷部的人吧？妳們很熟嗎？」

「嗯。」我這樣回答，然後又加了一句「還行」。我覺得這樣聽起來比較像是真的熟。這樣啊，A好像沒什麼興趣地回應。

我和A在一起工作的時間只有兩年，但我和當初帶我的B一起工作了七年。在我進公司第八年的四月，B才調到行銷部。即便如此我們還是在同一間公司，雖然和業務部不同樓層，但還是在同一棟建築物裡面，七年來也幾乎每天一起吃午餐，從早到晚在一起工作，每週都會去喝個一、兩次酒，所以我原本認為就算不像以前那樣頻繁見面，我們的關係還是會繼續保持下去。實際上，B在調職之後，馬上就找我到附近的居酒屋，用「妳聽我說——」的起手式聊她在新部門的人際關係，後來也三不五時會約見面。不過，三不五時變成偶爾，偶爾變成久久一次，久久一次變成很久不見。再後來變成有機會的話，一年會見一次，就像必須寄賀年卡那樣道義上的關係。雖然觀測到人際關係的變化還是會感到焦躁，但是如果要問我會不會想多跟她見面，倒也不至於。我覺得一年一次，差不多這樣就好了，應該吧。我想B也一樣吧，我發現我們是職場裡的前輩和晚輩不是朋友，而且朋友本來也就是這樣而已。我想到國中下課的時候時時刻刻黏在一起的朋友們，幾乎都沒有在聯絡，現在想想這七年、八年不是幾乎沒有聯絡，而是完全沒有聯絡才對。

以後要是離職，現在只剩下一點連結的B，應該也會從此成為陌生人吧。從現在到退休，還有二十年以上的時間。即便在同一間公司度過那麼漫長的時間，一旦離職就會斷了聯絡的人，除了B之外還有很多。年輕的時候，大概在A這個年紀，我曾經覺得十年、二十年、三十年都要工作的未來，實在令人難以想像，但是過了三十五歲的現在，已經能輕易想像，接下來的十年、二十年大概會繼續像這樣工作，我覺得這更恐怖。這代表接下來還要再維持只存在於這裡的人際關係幾十年。我們努力建立人際關係，然後某天全部放手。我不知道是不是大家都這樣，至少我應該是。

就在我接受這一切的時候，A進入公司。

我覺得她是個可愛的女生。笑容滿面，打招呼充滿朝氣，也很努力學習工作，對負責帶她的我無條件信任而且尊敬。抽離教育新人的身分之後，她謙虛的新人態度逐漸融解，變成能夠輕鬆交談、朋友般的晚輩。竟然就這樣適應了，給我謙虛一點啊，我甚至覺得這樣的她很討厭，原本那種討厭的感覺只有一點點，只過了三年，怎麼會膨脹這麼多呢？無論是說話方式還是走路的方式，全都讓我覺得很煩躁，但我們還是能表現得感情很好。一起吃午餐吧，今天去喝一杯吧，每次我去約她，都會想到，最近完全沒來約我的B，以前應該也是這種心情吧。國中和我感情好的那個朋友，還有高中的那個朋友。中斷聯絡的那些人，因為我也沒有聯絡，就這樣保持現狀。我們彼此都保持不往來的關係。

「今天的便當很好吃耶。」

在抵達辦公室，往左右各自回座位之前，A突然回頭這樣說。因為太突然，我瞬間說不出話。「嗯。」我點點頭，然後回應「很好吃耶」。用這句話代替招呼，A就這樣回到自己的座位。

午休還剩下十分鐘。回到自己的座位之後，我拿出手機，毫無目的地環顧四周。我明顯感覺到左右兩邊和前方同事的存在，空氣中還殘留著大家吃了便當的氣味。

いい子のあくびノート

為什麼每次都是我。

這實在太奇怪了，實在太不公平了。

寫下日常生活中無處發洩的怨念，

每填滿十件，就允許自己打一個好孩子的哈欠。

1 ○ / /

2 ○ / /

3 ○ / /

4 ○ / /

5 ○ / /

6 ○ / /

7 ○ / /

8 ○ / /

9 ○ / /

10 / /

你看，我在哭，我很受傷。

11 ○ / /

12 ○ / /

13 ○ / /

14 ○ / /

15 ○ / /

16 ○ / /

17 ○ / /

18 ○ / /

19 ○ / /

20 / /

我像呼吸一樣自然地祈禱他遭遇不幸。

21 ○ / /

22 ○ / /

23 ○ / /

24 ○ / /

25 ○ / /

26 ○ / /

27 ○ / /

28 ○ / /

29 ○ / /

30 / /

我希望他們受重傷痛苦地死掉。

31 ○ / /

32 ○ / /

33 ○ / /

34 ○ / /

35 ○ / /

36 ○ / /

37 ○ / /

38 ○ / /

39 ○ / /

40 / /

我只是為自己做了正確的事。

41 ○ / /

42 ○ / /

43 ○ / /

44 ○ / /

45 ○ / /

46 ○ / /

47 ○ / /

48 ○ / /

49 ○ / /

50 / /

真是火大，真想殺了他，去死吧。

51 ○ / /

52 ○ / /

53 ○ / /

54 ○ / /

55 ○ / /

56 ○ / /

57 ○ / /

58 ○ / /

59 ○ / /

60 / /

那些人應該要禮讓的部分，都由我承擔了。

61 ○ / /

62 ○ / /

63 ○ / /

64 ○ / /

65 ○ / /

66 ○ / /

67 ○ / /

68 ○ / /

69 ○ / /

70 / /

就算時間過去，我也不會原諒。

71 ○ / /

72 ○ / /

73 ○ / /

74 ○ / /

75 ○ / /

76 ○ / /

77 ○ / /

78 ○ / /

79 ○ / /

80 / /

我會想起那些人的臉，心中帶著殺意。

81 ○ / /

82 ○ / /

83 ○ / /

84 ○ / /

85 ○ / /

86 ○ / /

87 ○ / /

88 ○ / /

89 ○ / /

90 / /

我對於自己原來很受傷這件事也感到很震驚。

91 ○ / /

92 ○ / /

93 ○ / /

94 ○ / /

95 ○ / /

96 ○ / /

97 ○ / /

98 ○ / /

99 ○ / /

100 / /

這可不能忘記，不能忘記啊。

如果我承認自己有錯，

那就表示我此生都必須接受不公平。

「今天的便當很好吃耶。」

右邊座位的J這樣說，我笑著回：「對啊——」我心裡有一瞬間低語，不要在休息時間跟我講話。「話說回來啊。」J開始談起剛更新上新聞網站的事件。沒辦法，我只能做出既驚訝又悲傷的反應。突然心裡冒出這個人怎麼不死一死啊的想法。我一邊回應聊起最近沉迷的電視劇劇情的J，一邊不經意地左右環顧。I課長和M、E主任、F，大家怎麼不去死一死啊。

和私生活中的朋友相比，我對同事的容忍度很低，所以才會忍不住好討厭公司裡的人。這種信誓旦旦的感覺到底是怎麼回事呢。是因為我覺得，自己選的是工作而不是同事，他們不是自己選的人，所以就算討厭也沒關係嗎？因為可以透過「討厭」把同事和自己切割開來，所以我知道，無論我去哪裡，和誰工作都可能會討厭對方吧。並不是因為現在眼前的這些人是什麼壞人。

說到這個啊……J突然改變話題。

「之前那個客訴處理，太厲害了。我實在沒辦法像妳一樣順利做好。應該說妳很會講話嗎？就算講的是一樣的話，我覺得我也沒辦法處理好。不只後進的同仁，管理幹部應該也要好好學習，妳應該教教大家耶。」

「你說得太誇張了啦。」

我笑著謙虛回應，臉頰漸漸變熱。胸下和腹部上方的位置緊縮成一團。我自己也知道那件事我處理得很好。年輕的晚輩在初次應對的時候就出問題，對方怒吼要求幹部出面，但是當時幹部不在，我只好代為處理。我充分理解對方的說明之後，在公司也沒損失的狀態下收尾。J和這個案件沒有直接關係，但仍然注意到這件事，我身體的每個細胞都因為他的讚揚而發熱。

不不，妳真的很厲害，太厲害了，我也要好好努力才行。最後他這樣總結，結束午休的J便開始投入工作，我也打開原本在休眠的電腦。即便被稱讚很開心，我還是會討厭對方，這一點很不可思議，但正因這樣我還是沒辦法辭職吧。想到這裡，我就覺得很迷茫。

被客戶弄得暈頭轉向，終於結束外勤。

我並沒有直接被罵笨蛋，但那個四十多歲的區經理，眼尾的皺紋和法令紋上都寫著，認為笨蛋是笨蛋有什麼不對。尤其是後半段那幾家從男主任手上接管的店就更明顯了。

走廊上的照明燈只開了一半，我快步前進。一過晚上九點，為了節能省電就會變成這樣。業務部的大門關著，磨砂玻璃裡還透著光亮，看樣子還有人在。打開門就看到A的背影，「我回來了」這句話卡在喉嚨深處。我靜悄悄地靠近，辦公室裡只有A一個人，背對著我站立，面朝U先生的辦公桌。

「希望——可以調走，調得越遠越好。」

我沒聽到名字。

但我確信她說的一定是我的名字。

我沒有發出聲音，只留下一點氣息，迅速移動腳步離開辦公室。我快步走過走廊，上樓梯之後，進入樓上的廁所。進廁所後，即便沒有尿意，我還是習慣性地脫下褲子坐在馬桶上。馬桶蓋涼涼的貼在屁股上，我不禁喃喃自語，我到底在幹嘛啊。稍微尿了一點，馬上就停住了。我用衛生紙擦拭並沖水，穿上褲子之後，繼續站在裡面滑手機。過十五分鐘才從裡面出來，仔細洗手又花了三分鐘，這才終於走下樓梯回到辦公室。磨砂玻璃裡面和剛才一樣透著燈光。我用鼻子深吸一口氣，趁吐氣的時候，刻意發出聲音打開門。

「辛苦了。」

對我這麼說的是U先生。環顧四周，沒有看到A，只有他一個人在辦公室。我鬆了一口氣，回了一句：「我回來了。」並走向相隔一座小島外自己的辦公桌。桌上放著一包零食，好像是蘋果派。我拿起來，覺得比看起來還重，不太像是出差順手帶回的名產，而是刻意準備的，很有份量的伴手禮。前後左右的辦公桌上都沒有放這個蘋果派，我想著到底是誰給的。

「啊，那應該是A拿來的。因為我回來的時候她剛好離開，她也在鍵谷正造這裡放了一樣的供品。」

眼尖的U先生從遠處這樣對我說。「這樣啊，謝謝你告訴我。」我只回了這句話。把蘋果派放在我辦公桌的邊緣，就會擋住桌墊下的照片，所以我稍微移動一下，避開照片上大家臉的位置。

那是三年前A進公司時，在歡迎會上拍的照片。我們請店員幫我們拍照，所以當時業務部的二十五個人都在那張照片裡。主角A在正中間，現在已經退休的部長摟著她的肩膀……應該是說整個人幾乎都被抱著站在那。明明只是三年前的事情，A看起來年輕很多。不知道是因為制式的求職套裝還是沒有染色的黑髮，又或是明明全身僵硬卻硬擠出微笑的表情。她明明笑不出來，但這樣看過去，感覺當時的表情的確是笑容沒錯。那個時候的她比較可愛。

A常常跟我說，那張照片也該丟了吧。不過，我覺得那是很難得的到職紀念照，而且通常歡迎會或歡送會都會有人因為出差、家裡有事而缺席，當時剛好全員到齊。雖然現在已經有人因調職或退休離開，但這張照片沒有缺少任何一個人，可以說非常寶貴，所以我一直留著。我在角落和年輕的員工們站在一起，表情很放鬆。我很喜歡自己照片上的樣子。

那個——我抬起頭，U先生手裡拿著公事包正要起身。

「我差不多要走了。抱歉，辦公室就交給妳上鎖。」

「啊，好。辛苦了。」

「如果要放供品的話，能不能放保存期限久一點的零食？我明天開始要出差和休假，大概有四天不在辦公室。」

他一臉擔心地這樣補充，我便笑了起來。

「放心，我不打算放供品。」

我這樣回答。「這樣啊。」U先生點點頭說：

「我在辦公桌上放鍵谷正造的公仔，算是心血來潮，沒有什麼理由。現在大家都會像這樣祭拜供品，我覺得為大家放這個公仔很好。在公司有這樣一個能讓人喘息的地方也不錯，對吧。」

他沒有要我附和，只是自己把話說完，然後留下一句「我先走了」就離開了。目送大門發出低沉的聲音，緩緩關上之後，我站起身。越過辦公桌排列的小島，來到A的辦公桌前。還是像以前一樣，桌面沒有整理，卻不至於讓人皺眉頭覺得雜亂，這就是A的風格。看起來讀到一半的資料，用釘書機固定的左上角還有折線，放在辦公桌的左側，還稍微占了隔壁的位置。

U先生的辦公桌依然整齊。鍵谷正造公仔的腳邊，供著和我桌上一樣的蘋果派。供品不會當天吃掉，U先生隔天才會回收。我突然想起A之前說過的話。

我用手指彈了一下蘋果派，蘋果派咻地滑到寬敞的U先生的桌上，停在正中間。我試圖伸長手，但還是放棄了。取而代之的是，我雙手搭在鍵谷正造公仔上，彷彿要包住整個公仔。塑膠輕盈冰冷，手放在上面一陣子，溫度馬上就變得和我一樣。我盡量輕柔地，把鍵谷正造的身體轉向A的辦公桌。調整在A坐下來剛好會對到眼的位置後，我的手才離開鍵谷正造的公仔。空下來的雙手合掌，做出祈禱的樣子。

永遠幸福

我像往常一樣，搭計程車前往居酒屋，小莉開自己的車載仙子一起過來。雖然小莉說「我也可以去載奏啊」，但我老家和小莉中間就是居酒屋，她來載我是反方向，所以我就婉拒了。

「又不是多遠，妳根本不用客氣啊。」

小莉一邊單腳脫鞋一邊這樣說。每年的盂蘭盆節和新年，我們三個人會在老家的居酒屋聚會。只要預約的時候先說，店家就會幫我們安排三面有牆的半開放式包廂。這個包廂需要脫鞋，然後走上有一點高度的榻榻米，座位比一般桌椅寬敞，很適合我們三個青梅竹馬見面時的氣氛，所以我很喜歡。

「謝謝。不過是我自己想搭計程車，所以沒關係啦。」

回老家的時候，我都盡量搭計程車、買東西，總之就是想花錢。有別於在東京散財，在這裡消費有種做功德和名正言順的安心感，減輕我離鄉到都會生活的罪惡感。

「奏這種想法，我真的完全不懂欸。」

仙子從國小的時候就這樣，笑的時候嘴角動得比眼睛還大，她一邊笑一邊這樣說。旁邊的小莉跟著笑著說：「對啊──」店員拿著溼毛巾過來，我們點了幾樣飲料和下酒菜之後，馬上就端來啤酒和烏龍茶。

「我在東京也一樣，回來這裡的時候，也覺得盡量不要花錢──沒住在老家根本不覺得有什麼罪惡感。畢竟我也是無可奈何嘛？再說罪惡感是什麼意思，奏，妳之前就一直在說罪惡感對吧。」

我真的搞不懂欸──仙子刻意用鼻音這樣說，然後用吸管攪動玻璃杯裡的冰塊。「畢竟我從出生到高中畢業，都在這裡受教育，嗯，接受這裡的恩惠長大。然後長大成人能賺錢的時候，就跑去東京這種大都市，從來沒有繳稅給地方政府啊。大概是以前花在我身上的教育費或醫療費之類的？總覺得過意不去。」我試著這樣解釋，但仙子在我說明的途中就一臉傻眼的樣了，小莉則是保持微笑，但臉上寫著真傷腦筋。

「啊——太誇張了吧——」

仙子輕蔑地這樣脫口而出，然後接著說，讓我們找不到正常工作的鄉下也有問題吧？是沒錯啦，我敷衍了一下，然後偷偷看了一眼一個人留在老家的小莉。小莉笑著說：「只能當公務員、銀行員或老師嘛——」

仙子說的「正常工作」指的應該是特地去念大學後能找的工作，不過小莉後來選擇的工作都不是那些選項，而且現在待業中。我們三個人當中小莉功課最好，而且又畢業於日本數一數二、位於東京的知名私立大學，但她求職不順利，所以在媽媽的朋友工作的當地購物中心裡的手工藝用品店打工。媽媽的朋友不是老闆，只是兼職人員，小莉到職之後他就辭職了。小莉在店裡販售紗線、布料，還有使用材料製作衣服的書籍，但是做了兩年就辭職，之後的工作時有時無。除了大學四年期間一個人在東京生活以外，其他時間都一直在老家。

「沒關係啦，妳們不懂也無所謂。只是我自己這樣想而已。」

我對一直喊著「搞不懂妳耶——」的兩個人這樣說，然後舉起玻璃杯表面出現一層薄薄冰膜的啤酒。小莉開車——雖然只要叫代駕就好，不過她說自己沒有那麼喜歡喝酒，所以拒絕代駕的提議——仙子則是不會喝酒的人。我們雖然約在居酒屋，但真的會喝酒的只有我一個人。儘管如此，我還是覺得這樣很好。我們是國小就認識的朋友，如果從變親近的國中時代開始計算，也已經來往二十年了。因為是青梅竹馬，儘管我們的興趣、想法、喜不喜歡喝酒、每天的生活和朋友圈都不同，光憑從很久以前就認識這一點，就能維持友情。

就算我們的想法和價值觀不合，只要能笑著對彼此說，真搞不懂妳耶，就好了。因為我們不會真的否定對方，我們沒有妳這樣很奇怪欸、改變想法比較好啦，這種挑釁的距離。因為平常我們住在不同的地方，除了每年像這樣見兩次面，三個人都不會碰面。

即便如此，我還是覺得有點掃興。為了把這種心情吞下肚，所以從蔬菜棒裡面選了看起來最硬的紅蘿蔔來啃。

「那個——」

小莉在胸前小小地舉起手。接收到我和仙子的視線，她嘿嘿一笑。看到這個表情，我就已經猜到，同一時間小莉說：

「我要結婚了。希望妳們兩個都來參加我的婚禮。」

與其說她是害羞，不如說她的表情比較像搞砸工作要跟上司報告的時候，羞愧又後悔的樣子。雖然聽到婚禮這個詞我反射性感到害怕，但是馬上被喜悅的心情蓋過去了。咦咦咦——仙子和我的聲音重疊在一起。

「恭喜耶。咦——真的假的，恭喜。」

我一邊祝福她，一邊想起小莉大概從十年前就一直覺得自己差不多該結婚了。

小莉辭掉手工藝材料店的打工之後，有一年的時間沒工作。我們擔心她會不會因此失去活力，在某次這個居酒屋聚會的時候，小莉露出溫和的笑容說「我最近開始去插花教室」。雖然我們國中就認識到現在，但這是第一次聽到小莉喜歡花。她有喜歡花嗎？我正這麼想著的時候，她本人就說「反正現在沒工作，至少要為嫁作人婦做準備」，這次發言非常關鍵。

當時，我們才二十五歲。我和仙子都說小莉要是結婚，我們會很寂寞，但是三個人都沒結婚就這樣過了十年，今年也已經三十五歲了。仙子和我都在二十幾歲到三十出頭的時候，和幾個男人交往又分手，最近三年都沒有對象。小莉從很久以前就沒有交往的對象，應該是說她沒有和任何人正式交往過。我們保持每年兩次的聚會，經常把該不會三個人就這樣都不結婚了吧掛在嘴邊，這既不是開玩笑也不是自嘲，只是單純說出符合實際狀況的猜想而已。然而，這樣啊，小莉要結婚了啊。

「欸——他是什麼樣的人啊？」

我單手拿著續杯的啤酒，宣稱「我會打破砂鍋問到底喔——」，小莉則是回應「好恐怖喔」，一臉拿我沒辦法的表情開始描述。

小莉的結婚對象是相親活動上見過好幾次面，最後因此熟識的同齡女性的哥哥。雖然她一直都有參加縣內的相親活動或聯誼，但就算和交換聯絡方式的人一起吃飯也沒有走到交往的階段。就在她不知道該怎麼辦的時候，和這個同齡女生一起出門，在商場巧遇哥哥，就順道一起去喝酒，因為這樣兩個人開始交往。他比我大四歲，現在三十九歲，在當地中小企業擔任財務的工作，雖然還在三字頭，但外表看起來像四十五歲，小腹凸出，打扮也不時髦，不過不會抽菸，打柏青哥也是每個月定好上限，當作嗜好在玩而已，是個非常溫柔的人——小莉用沉穩的語氣一口氣說完，就像她早就決定要這樣說明的樣子。聽到大四歲，我就想到，這樣的話國中跟高中都沒重疊耶。腦海裡浮現在東京的時候絕對不會出現的想法，我才實際感受到自己現在真的回到老家了。我發現吞下的啤酒很苦，難道是因為緊張嗎？

小莉他們是相遇後的一個月開始交往，過三個月之後彼此都有意願結婚，第四個月對方就求婚了。結婚登記預計會在下個月，兩個人交往六個月的紀念日去市公所辦理。我們三個最後一次見面是新年的時候，在那之後直到盂蘭盆節的現在都沒見面的七個月之間，小莉竟然發生了這麼多變化。哇……我發出包含感嘆的嘆息聲。

「我說啊，真的、真的很恭喜妳耶，小莉。」

妳之前就說過想要生小孩嘛，我強忍住脫口說出這句話的衝動，只是一直反覆說「恭喜」。她想要小孩，想生小孩，小莉從十年前就開始說這些話。她接下來應該會開始備孕，不過正因為我們是親近的朋友，只要小莉沒有主動提起，我就不能先說。我是這樣想的，但是……

「妳果然是想生小孩吧。」

聽到仙子脫口而出，我嚇了一跳。而且，她是用「妳是想生小孩吧」這種肯定語氣，更讓我驚訝。

「仙子有想生小孩嗎？」

我這樣問，仙子上下左右緩緩移動頭部，看起來像點頭又像歪頭，在這樣的狀態下笑了一下。我記得她不是說過不想生小孩嗎？還是說，要生或不生都可以？我以前說覺得自己不需要小孩的時候，她不是用力點頭了嗎？不過，那是幾年前的事了啊？我突然覺得不安，用右手捏住早就已經放到常溫的溼毛巾。雖然不至於手抖，但聲音有點顫抖，我像是要遮掩什麼似的又說了一次「恭喜」。小莉點了點頭。

「我當然想要生小孩啊。一直都想。我想說接下來要趕快生，所以才要趕快辦婚禮。沒辦法慢慢準備一年，雖然有點突然，但是我想五個月後就辦婚禮。」

「五個月的話……」

仙子彎著手指數，小莉接著說：

「一月。我預計一月第三週的星期六辦婚禮，到時候要麻煩妳們從東京回來一趟就是了。不過，新年的時候妳們應該會回來吧。然後過兩週又要來參加婚禮，真是抱歉，但我希望妳們參加。」

「說什麼麻煩，一點也不麻煩。既然如此，新年就不用回來了吧——等小莉婚禮的時候再到老家露個臉就夠了。是說，我們不參加，還有誰會參加小莉的婚禮啊！」

仙子發出興奮的聲音，小莉戰戰兢兢又很開心地接著說「我還想拜託妳們以友人代表的身分致詞」，仙子便把話題轉到我身上：「哎呀，那還真是榮幸，不過要在別人面前說話，小奏比較適合！」

小莉的表情，混合著提出重要請求時的歉意和充滿幸福的興奮。話說回來，她頭髮變長了，髮尾已經超過胸口。我不禁想像，這該不會是在遇到對象之前就先為婚禮留長的頭髮吧？雖然覺得有點感傷，但我還是開口說：

「對不起，我沒辦法參加婚禮。」

小時候參加親戚婚禮，我只記得馬鈴薯泥上有一顆一顆的魚子醬，還有媽媽說「新娘子好漂亮」的時候，我抬頭看穿著婚紗的女人，覺得不怎麼漂亮。看起來就像在純白又閃耀的漂亮禮服上，插上了人類的緊張。然而，幼小的心靈也知道自己只能回答「嗯」，所以我就這麼做了。我至今仍然不懂，媽媽說「新娘子好漂亮」，究竟是真心這麼想，還是因為在親戚圍坐成一圈的圓桌上，對年幼的女兒這樣說才是正確答案。到底是哪一種呢？事到如今跑去問媽媽，感覺她應該只會說「我怎麼可能記得那種事，妳真的個性很差欸」，然後露出嫌棄的表情吧。

第一次出席朋友的婚禮，是我二十四歲的時候，我和新娘小友是大學時期就認識的朋友。同一門課的女同學，總共有六個人受邀參加婚禮，我是其中一個。因為是第一次，我請教有參加婚禮經驗的朋友，也在網路上查資料，做了很多準備。我預約了美容院做造型，準備了酒紅色的派對洋裝，搭配黑色短外套和派對用的包包。據說配飾用珍珠比較好，但是珍珠太貴買不起，所以選了人造珍珠項鍊。我一直擔心會不會看起來很廉價。我在婚禮禮儀網站上看到「賓客丟臉，就是找賓客來的新郎新娘丟臉」這句話的時候渾身發抖。我腦海裡浮現小友的臉，丟臉竟然丟的不是我的臉，真是太可怕了。

婚禮前一天，我在禮金袋裡裝了三萬圓，按照網路上的範本填寫好禮金袋封面時，默默算了一下髮型、服飾、鞋子和之前的所有花費，不禁覺得手腳冰冷。

原來這麼花錢啊？

對剛出社會第二年的我來說，所謂的奢侈就是購買便利商店剛上架的奇特口味氣泡酒，還有常備超市裡一盒要價七百圓的梅乾。相對於每天都有一些小支出的日常，朋友的婚禮要花的費用差多了。這個金額都可以到鄰近的韓國、臺灣、中國旅行，卻被婚禮吸乾了。

當時我明確覺得，自己正在被吸乾。如果我是有錢人家的小孩，感受會不會不同呢。還是根本就一點關係也沒有，只是因為我本來就很小氣。同一時期，小莉和仙子都笑著說，還真的會有一段時間變成禮金窮鬼耶——但我覺得她們雖然沒錢，也不會產生被婚禮吸乾的厭惡。

但是，儘管如此，我還是想要祝福朋友，祝她幸福。我想起不知道在哪裡聽到過，婚禮是人生中最幸福的一天。雖然我心裡存疑，但真的體驗之後說不定會覺得「好像是真的！」。我一邊想著這些事情一邊穿著不習慣的高跟鞋，帶著疼痛的腳前往小友的婚禮會場。

就結論來說，我從新娘入場就不喜歡，也就是說，一開始就討厭。

新娘入場的那條路直譯為處女之路，新娘挽著父親的手臂往前走，然後在道路的盡頭把手交給新郎。我的第一個想法是，新娘就像物品一樣，然後覺得很低俗。一想到這裡，就覺得蓬鬆的純白婚紗下，穿著恨天高的腿正在一邊發抖一邊拚命前進，看起來就像刻意讓新娘無法獨自行走的陷阱一樣。小友本來就身高將近一百七十公分，我覺得很帥氣，本人卻說想要長得矮一點，結果在婚禮上還穿高跟鞋拉長身高，我真的是看不懂。

會場出動三名工作人員抬過來一個巨大的結婚蛋糕，新郎新娘站在蛋糕後面進行切蛋糕和吃蛋糕的儀式，然後司儀說明「吃蛋糕的儀式象徵新娘會一輩子做美味的菜餚，而新郎會讓家人衣食無缺的誓言」。這是什麼意思，太噁了吧。我嚇得發抖，然後環顧四周。新娘拿著拳頭大小的特大號湯匙對著新郎，還有誇張地張大嘴的新郎，大家看著他們發出溫暖的笑聲，我又再度覺得寒毛直立。地獄，我腦海浮現這個詞。我覺得不應該在婚禮當天想到這種詞彙，所以急忙拉回思緒，用手機對著新郎新娘連拍。

大聲播放結婚歌曲，表現出兩人之間的愛有多麼崇高。感謝父母這一段，明明在家裡對家人說就好，不知道為什麼只有新娘要寫成一封信在所有人面前哭著念出來，新郎則把手放在哭泣的新娘肩膀或腰上表示支持，但自己並沒有要拿出什麼感謝信。我看著新娘的眼淚，在心裡思索為什麼，突然茅塞頓開，女性要離開原生家庭前往夫家，但從丈夫的角度來看就是「不需要特別感謝父母，反正以後我家還是我家」！想到這裡，我大受衝擊。人口販賣，我腦海又浮現不符合今天這種喜慶日子的詞彙。整個會場到處都是啜泣聲，伴隨著拍手不斷重複「要永遠幸福喔」、「永遠」、「永遠」的咒語。

別人是別人，我是我。雖然我這樣告訴自己，但又由衷覺得這種情形怎麼會不覺得噁心，實在太奇怪了。我環顧四周，發現大家不只不覺得噁心，還露出幸福的微笑，頻頻點頭，甚至有人眼泛淚光一副感動的樣子。是永遠、永遠喔。聽起來真的很像咒語。不是吧，只有我這樣想嗎？我想去問問現場的每個人。怎麼看都很奇怪吧？很噁心吧？我希望有人對我說「我懂」。我希望有人對我說，我懂，妳說的沒錯，的確是很奇怪。

「奏以前就說過討厭婚禮吧，我記得這件事。」

小莉喃喃地這麼說。「所以沒關係啦。」小莉接著補了一句，反而是仙子生氣了。

「為什麼？」

她用高亢的聲音直接問。

「因為我不喜歡婚禮。」

「我知道啊，我都聽妳說了好幾年了。畢竟每次妳參加大學友人或同事的婚禮，就會抱怨說再也不想去了嘛。」

「……嗯。二十五歲之後那段時間很多人結婚，參加了好多場，但是每次我都覺得很奇怪也很討厭，就決定以後再也不參加了。就算參加，我也會因為婚禮這種場合而無法由衷祝福對方。那些人都是我很喜歡的朋友，我也真心想祝她們幸福啊。」

「我知道，妳都說過。但這是小莉的婚禮耶。奏只是不喜歡婚禮，又不是有什麼宗教上的問題。比起單純的喜好問題，祝福小莉的心情更重要吧！」

宗教問題和喜好本來就不能拿來比較，而且認為喜好比較重要只不過是仙子的想法。對我來說，喜好非常重要，而且想祝福小莉的心情被拿來比較本身也很奇怪。我並不是不想祝福小莉，應該是說我很想祝福小莉，但套上婚禮這個形式，反而會讓我無法祝福她，所以才會覺得自己不該參加之類的。雖然在腦中列舉了這麼長的反駁，但是看到小莉膽戰心驚觀察我和仙子的側臉，我覺得自己不應該說出口，所以把話吞了回去。

小莉說沒關係啦的時候，她的表情看起來真的是沒關係的樣子，或許在她決定今天告訴我們結婚的消息時，就已經預想到我會說不參加了。因為我從很久前就一直對她們兩個說自己討厭婚禮。我一想到她可能早就預料到我會說不參加，但還是邀請了我，心裡就過意不去。我覺得很抱歉，儘管如此，我要拒絕也很難受啊，不要讓我拒絕這種事，這樣的心情以謹慎的速度，晚了一步浮現。

「仙子，好了啦，謝謝妳。奏對不起，真的沒關係。」

打破尷尬沉默的人是小莉。抱歉抱歉，她一直這樣說。

「我本來就知道奏對婚禮沒什麼好感，所以真的沒關係。我也不想要妳勉強自己來參加。」

我也不想要妳勉強自己來參加，這句話是小莉顧慮我的心情才說的，但是無視前後文，只有「不想要妳勉強自己來參加」這句話刺向我。奏怎麼能不來，就算討厭婚禮我也想要妳來。我們不是會說這種話的幼稚朋友，都知道說這種話會造成困擾，所以我們不會勉強彼此，也才會一年只見兩次面吧。我開始想到這些毫無關係又多餘的事情。

「我會另外祝福妳的。我是真的很想恭喜小莉結婚，也覺得很開心。」

我擠出來的聲音在顫抖，覺得很不好意思。仙子的視線從我身上移開，嘆了一口氣。小莉鬆了一口氣的樣子，開朗地說「至少要請我吃個烤肉喔」。小莉只要垂下眉毛年紀看起來就會變小，讓我想起國中時期的她，胸口揪了一下。那張出生在同一個城鎮、看過相同景色的朋友的臉。

和媽媽講電話的時候，媽媽提到「說到這個，聽說小莉要結婚了！上次在永旺超市碰到小莉的媽媽，她告訴我的。妳怎麼都沒說啊。」

啊，對啊，她要結婚了。我打算帶過這個話題，但媽媽沒打算放過我。

「小莉的媽媽很開心的樣子喔。小莉他們家就她一個女兒啊，爺爺奶奶雖然還有其他孫子，但她是家裡的第一個孫子，所以從小就備受疼愛，說是很期待她的婚禮，感覺壽命都延長了。在家裡那麼受寵，還好先生是住在同市內的人。雖然女兒嫁出去就是別人家的了，但離太遠還是很可憐啊。對方也說可以等到生孩子之後再和家人同住，說是新婚這段時間很重要，剛開始他們要一起在外面租公寓喔，對方家庭很明理呢。年輕人的話會住哪裡呢？不知道是國道咖啡廳那附近還是市公所前面的新公寓，那裡離永旺超市很近耶。」

媽媽一直講個不停，資訊多到我承受不住。雖然我不怎麼想問媽媽……

「小莉之後要住在夫家？」

最後還是忍不住問了。可以等到孩子出生之後是什麼意思？那是誰說的？其實我想這樣問。

「她先生是長男啊。不過，小莉也是獨生女，就算去對方家住，自己的父母還是照顧得到。」

媽媽的言外之意像是在說「所以妳不用擔心啦」，還刻意用讓我安心的聲調，讓我更覺得震驚。就連媽媽都像陌生人一樣。我離鄉到東京工作也不結婚，依然支持我說「現在的年輕人無論男女都一樣啦，妳就去做自己想做的事」，我一直以為這才是我認識的媽媽。

「可以等到有小孩再一起住，那如果一直沒懷孕，就一輩子都不用一起住了嗎？」

媽媽聽到我茫然地喃喃自語後，倒吸一口氣，用低沉的聲音簡短提醒：「妳啊，不應該說這樣的話，以後會吃虧的。」電話掛斷之後，那個聲音仍然留在耳邊。

回應家人的期待，在家鄉和親人一起生活，增添新的家族成員。

從學生時代就不擅長在別人面前表現的小莉，想要舉辦主角是自己的婚禮，這之中帶有的意義。我無法感受到從中產生的幸福。因為不了解、無法觸碰、越靠近就越痛苦，我也無法要求大家跟我一樣。但是小莉追求的幸福有明確的形式，而我明白這個形式裡面最好不要有脫口說出「這樣很奇怪」的我。

我錯過跟媽媽說不參加小莉婚禮的時機，雖然一直想著要說，但也一直沒有付諸行動。過了秋天、冬天，轉眼就到了新年時節。我本來就覺得，再五個月要辦婚禮簡直就是一眨眼的事，結果真的一眨眼就過了五個月。這段期間雖然有和媽媽通過幾次電話，但都沒有再提到小莉的婚禮。媽媽可能在哪裡聽到什麼，也可能是察覺到什麼了。不過我只是自己想像而已，沒有多問。因為分隔兩地生活的時間變長，和媽媽的相處模式自然而然就變成這樣了。

自從盂蘭盆節在居酒屋聚會之後，我就沒有再見過小莉，幾乎沒有聯絡。之前除了每年聚會兩次的前後以外，我們沒有頻繁聯絡很正常，但是一想到她可能有私下和仙子聯絡，聊婚禮或瑣事等等，我就覺得胃有股強烈的壓迫感。

元旦我在小莉和仙子的群組裡面發「新年快樂」，兩個人都馬上就回應了。今年也請多指教——的貼圖。小莉回「有好好休息嗎？」。仙子因為要配合兩週後小莉的婚禮回鄉，所以新年假期沒有回來，小莉則是忙著準備婚禮，夫家那裡也有事，所以沒有像往常那樣在居酒屋聚會。「下次見面就是夏天了。盂蘭盆節。到時候見囉」小莉這樣說，仙子只回了「ＯＫ！」的貼圖。

聽到前一天設定的Morning call我就起來了。我伸手去拿起話筒，貼在耳朵上聽到流暢的「Good morning!」不斷重複自動播音。我也跟著複述，然後起床。

拉開窗簾，外頭飄著細雪。天氣預報顯示，小莉婚禮開始的中午可能會轉成降雨，我在心中祈禱，如果沒辦法轉晴，至少繼續下雪吧。我想小莉的家人、仙子、其他友人應該也都在祈求一樣的事情。位於九樓的這個房間，可以從窗戶看到飯店的中庭。溫暖的季節會有玫瑰花盛開，現在只有光禿禿的樹木顯得清冷，沒有花朵和綠葉，取而代之的是金銀色系的飾品和燈飾。中庭左側有婚禮用的假教堂和噴水池，雖然看不見在飯店餐廳舉辦的婚宴，但是從這裡可以看見進出假教堂的小莉。為了見證這一刻，我從昨天就訂了三天兩夜的飯店房間。

我連臉都沒有洗，就從冰箱拿出昨天在便利商店買好的優格和蔬果汁。仙子應該住在老家，不過從外縣市趕來的賓客和小莉的親戚可能會住在飯店，所以我不能去餐廳吃早餐。我沒有告訴小莉和仙子或者任何人，自己就在飯店裡。入住的時候，我跟櫃檯說要在房間裡工作，所以白天不會出門，不需要打掃也不需要換床單。我用遙控器打開電視，隨意瀏覽畫面。原本打算用來打發時間帶來的長篇小說，我一直都沒翻開，不是看電視就是滑手機，等著小莉的婚禮開始。我把視線轉往窗外好幾次，確認厚重的灰色烏雲烙下的不是雨而是雪。

從婚禮前三十分鐘開始，就有人進入假教堂。我把原本放在牆邊桌子下的椅子移動到窗邊，坐著看窗外。從樓下應該看不到房間裡的臉，而且實際上離開飯店、穿越用小石子裝飾周圍的中庭小徑前往假教堂的人們，沒有一個抬頭看向飯店這裡，但我還是半拉起窗簾，把自己的身體藏起來，也關掉房間的燈。

曾在小莉家見過的爺爺奶奶，在親戚的攙扶下前往假教堂。奶奶穿著正式的黑色和服，在中庭靠近噴水池的附近一度停下腳步，說了些什麼，感覺她是在感嘆，好漂亮的中庭。市內能辦婚禮的地方只有兩處，除了這間飯店，還有另一個結婚專用的設施。到了那些人的年齡還一直沒有離開家鄉生活的話，應該出席過好幾次朋友親戚同事在這間飯店辦的婚禮才對，說不定他們自己的婚禮就在這裡舉行。停下腳步緩緩環視的中庭，她應該都已經看過這裡四季的景色，但是自己的孫女舉辦婚禮當天，即便是冬季枯樹滿庭院也會覺得格外漂亮吧。

我原本想像會有身穿五顏六色正式禮服的女性走過中庭，但實際上都是穿著黑色系洋裝的人經過。從九樓看不到妝髮等細節。小莉如果是二十五歲左右的時候結婚，女性賓客應該會穿黃色、紅色、藍色等不同顏色的洋裝吧？我一邊回想自己過去出席的婚禮一邊思考的時候，中庭出現兩位女性。是仙子，旁邊高個子的女生，我定睛一看，是同班同學小夢，國中時曾經分到同一班過。雖然沒有印象小莉跟她有熟到會邀請她參加婚禮，但國小、國中、高中兩人都同校，和仙子也算熟識，說不定是為了仙子才找她來參加的。代替我。

兩個人都穿著黑色洋裝，搭短袖的小外套，遠遠看上去很像。她一邊用手搓了搓裸露的手臂，一邊匆匆地前往假教堂。盯著兩人看的十幾秒，我好像暫時停止了呼吸，直到看不見仙子的身影，我才大口吸進空氣，鼻腔的深處都覺得隱隱作痛。

邀請來的朋友、年紀較長的親戚、家人、穿著西裝的男性，好多人都進入了假教堂。有些人可能沒有參加典禮，只會參加婚宴，但光是聚集在假教堂的人應該也有五十名左右。應該差不多了吧。當我抬頭看著下雪下個不停的天空時，小莉出現在中庭。除了小莉之外，還有穿著銀色西裝的新郎以及小莉的爸爸、媽媽。小莉身後站著的女性員工，抱著小莉身上那件婚紗的長長裙襬，裙襬看起來比婚紗本體更有重量。

那是我從未見過的小莉。現在在那裡穿著婚紗的人的確是小莉沒錯，但是比起五個月之前盂蘭盆節見到的時候瘦了很多，就算隔這麼遠也看得出來。長長的頭髮被盤在頭上，白色頭紗下的脖子到後背露出大面積的皮膚。沒有任何防護，完全裸露的雙臂，正迎著不停落下的雪，但小莉好像一點也不在意。

好陌生喔，我試著說出來。我可能就是為了說這句話才在這裡的。

如果我不是坐在九樓的飯店房間，而是坐在樓下假教堂又硬又冷的木頭長椅上，可能會覺得好漂亮，然後也會這麼說吧。小莉真漂亮，非常漂亮，從以前到現在最漂亮的一次。漂亮是婚禮幸福的條件之一。小莉的幸福，還有在場所有賓客當下幸福的條件。

小莉她們站在假教堂的入口處。那裡有屋頂，所以遮住了她們的身影，但是可以看到站在小莉身後捧著裙襬的員工，所以我知道小莉還在那裡。新郎先走進假教堂，仙子她們笑著拍手歡迎。新郎在祭壇前，站在為婚禮準備的神父面前，一切都準備好之後，小莉才挽著爸爸的手入場。我不想錯過這個瞬間，身體微微離開椅子，直直盯著窗戶下方。捧著小莉婚紗裙襬的工作人員動了起來，從旁邊看著就能明白，工作人員為了不讓長長的裙襬亂成一團，彎著腰慎重地拉開布料。漸漸被拖走的裙襬，最後消失在我的視線範圍，就連工作人員都進到屋簷底下，全部看不見了。我繼續面向窗外，伸手拿桌上的瓶裝水，喝了起來。心臟一直在狂跳。

過了二十分鐘左右，人潮從假教堂湧現，在入口兩側形成人牆。工作人員一邊走一邊發花瓣給賓客，準備等一下撒花。小莉和新郎挽著手走出假教堂，我總覺得有聽到歡呼聲，但是隔著隔音窗的九樓客房仍然很安靜。小莉緩緩走在人群中央，頭上撒下花瓣，紅綠黃白，鮮豔多彩的花瓣飛舞，落在地上妝點兩個人的腳邊。恭喜、恭喜、要幸福喔、要幸福喔、要幸福喔。排排站的賓客，大家的嘴型都一樣。中庭冬季樹木上的燈飾在陰暗的天空下，從正中午就閃閃發光。我驚訝地抬頭，發現雪不知何時已經停了。心裡覺得鬆了一口氣，真是太好了。

小莉和新郎消失在飯店裡，原本在中庭排排站的人也依序進入飯店，只有穿著禮服的幾名工作人員還留在中庭。繼續盯著看一陣子之後，小莉和新郎又回來了。接下來應該還有婚宴才對，這是怎麼了呢？

我的目光一直跟著他們移動，在花瓣點綴的中庭，對著巨大攝影機的工作人員開始發號施令。小莉和新郎靠在一起，笑著面對面，工作人員很快就站起來，整理婚紗的裙襬，再多撒了一點花瓣。原來如此，是要拍各種不同構圖的照片啊。我想看小莉婚禮的照片。

我入迷地往下看，發現小莉原本對著相機的視線，突然抬頭往這裡看。我全身僵硬，定住不動。雖然我很想蹲下躲起來，但是房間裡有什麼動作反而更顯眼，想到這裡我就不敢動。

窗簾都拉上一半，房間的燈也關著，這裡是九樓，就算看得出來有人在窗邊，應該也不會知道是我吧。即便如此，心臟還是狂跳到我覺得痛的程度。我問自己，是不是希望她發現？我可能是想讓小莉知道，我雖然討厭典禮和婚宴，但是仍然希望妳幸福。或許我希望她發現，以便證明我想祝福她的心意。小莉啊，其實婚禮那天，我就住在那間飯店喔——什麼啊好可怕！妳要跟我說啊。既然都做到這個地步了，就算忍耐一下也要來參加婚禮啊！這種對話，這輩子應該永遠都不可能出現吧。今天我屏息看著中庭幾個小時這件事，應該一輩子都會是秘密吧。

小莉只有一瞬間抬頭看飯店一眼，她的視線早就轉回相機的方向。中庭的正中間、假教堂的入口、噴水池的前面，她一邊在各處移動一邊拍照，然後急忙回到飯店裡。小莉再也沒有抬頭看飯店的客房了，差不多到了婚宴開始的時間。

我離開房間，來到空無一人的中庭。站在剛才小莉站的地方，抬頭試圖尋找自己住的房間。無論縱橫形狀都一樣的窗戶，像是在開玩笑似的排列整齊，根本沒辦法馬上就知道哪一間是我的房間。從一樓開始數一、二、三到九樓，從右邊一、二數到我的房間。在這段期間，原本已經停了的雪變成雨水，開始下了起來。

國家圖書館出版品預行編目資料

好孩子的哈欠 / 高瀨隼子 著；涂紋凰 譯. -- 初版.
-- 臺北市：皇冠文化出版有限公司, 2025. 1
224 面；21×14.8 公分. --（皇冠叢書；第5201種）
（大賞；174）
譯自：いい子のあくび

ISBN 978-957-33-4238-0（平裝）

861.57　　113018968

皇冠叢書第5201種
大賞｜174

好孩子的哈欠

いい子のあくび

作　　者—高瀨隼子
譯　　者—涂紋凰
發 行 人—平　雲
出版發行—皇冠文化出版有限公司
臺北市敦化北路120巷50號
電話◎02-27168888
郵撥帳號◎15261516號
皇冠出版社(香港)有限公司
香港銅鑼灣道180號百樂商業中心
19字樓1903室
電話◎2529-1778　傳真◎2527-0904
總 編 輯—許婷婷
責任編輯—蔡承歡
美術設計—嚴昱琳
行銷企劃—薛晴方
著作完成日期—2023年
初版一刷日期—2025年1月

法律顧問—王惠光律師

讀者服務傳真專線◎02-27150507
電腦編號◎506174
ISBN◎978-957-33-4238-0
Printed in Taiwan
本書定價◎新臺幣360元/港幣120元